Tucholsky Wagner Zola Scott Sydow Freud Schlegel
Turgenev Wallace Fonatne Twain Walther von der Vogelweide Fouqué Friedrich II. von Preußen
Weber Freiligrath Frey
Fechner Fichte Weiße Rose von Fallersleben Kant Ernst Frommel
Richthofen
Hölderlin
Engels Fielding Eichendorff Tacitus Dumas
Fehrs Faber Flaubert
Eliasberg Ebner Eschenbach
Feuerbach Maximilian I. von Habsburg Fock Eliot Zweig Vergil
Ewald
Goethe Elisabeth von Österreich London
Mendelssohn Balzac Shakespeare Dostojewski Ganghofer
Lichtenberg Rathenau Doyle Gjellerup
Trackl Stevenson Hambruch
Mommsen Tolstoi Lenz Droste-Hülshoff
Thoma Hanrieder
von Arnim Hägele Hauff Humboldt
Dach Verne
Reuter Rousseau Hagen Hauptmann Gautier
Karrillon Garschin
Defoe Baudelaire
Damaschke Hebbel
Descartes Hegel Kussmaul Herder
Wolfram von Eschenbach Schopenhauer Rilke George
Darwin Dickens Grimm Jerome
Bronner Melville Bebel Proust
Campe Horváth Aristoteles Voltaire Federer
Bismarck Vigny Barlach Herodot
Gengenbach Heine
Storm Casanova Tersteegen Grillparzer Georgy
Chamberlain Lessing Langbein Gilm Gryphius
Brentano Lafontaine
Claudius Schiller Kralik Iffland Sokrates
Strachwitz Schilling
Katharina II. von Rußland Bellamy Raabe Gibbon Tschechow
Gerstäcker
Löns Hesse Hoffmann Gogol Wilde Vulpius
Gleim
Luther Heym Hofmannsthal Klee Hölty Morgenstern
Roth Heyse Klopstock Goedicke
Puschkin Homer Kleist
Luxemburg Mörike
La Roche Horaz Musil
Machiavelli
Navarra Aurel Musset Kierkegaard Kraft Kraus
Nestroy Marie de France Lamprecht Kind Kirchhoff Hugo Moltke
Laotse Ipsen Liebknecht
Nietzsche Nansen Ringelnatz
Marx Lassalle Gorki Klett Leibniz
von Ossietzky May vom Stein Lawrence Irving
Petalozzi Knigge
Platon Michelangelo Kock Kafka
Pückler
Sachs Poe Liebermann
de Sade Praetorius Mistral Zetkin Korolenko

Der Verlag tredition aus Hamburg veröffentlicht in der Reihe **TREDITION CLASSICS** Werke aus mehr als zwei Jahrtausenden. Diese waren zu einem Großteil vergriffen oder nur noch antiquarisch erhältlich.

Symbolfigur für **TREDITION CLASSICS** ist Johannes Gutenberg (1400 — 1468), der Erfinder des Buchdrucks mit Metalllettern und der Druckerpresse.

Mit der Buchreihe **TREDITION CLASSICS** verfolgt tredition das Ziel, tausende Klassiker der Weltliteratur verschiedener Sprachen wieder als gedruckte Bücher aufzulegen – und das weltweit!

Die Buchreihe dient zur Bewahrung der Literatur und Förderung der Kultur. Sie trägt so dazu bei, dass viele tausend Werke nicht in Vergessenheit geraten.

Die Gemälde

Ludwig Tieck

Impressum

Autor: Ludwig Tieck
Umschlagkonzept: toepferschumann, Berlin

Verlag: tredition GmbH, Hamburg
ISBN: 978-3-8424-1352-8
Printed in Germany

Ziel der TREDITION CLASSICS ist es, tausende deutsch- und
fremdsprachige Klassiker wieder in Buchform verfügbar zu
machen. Die Werke wurden eingescannt und digitalisiert. Dadurch
können etwaige Fehler nicht komplett ausgeschlossen werden.
Unsere Kooperationspartner und wir von tredition versuchen, die
Werke bestmöglich zu bearbeiten. Sollten Sie trotzdem einen Fehler
finden, bitten wir diesen zu entschuldigen. Die Rechtschreibung der
Originalausgabe wurde unverändert übernommen. Daher können
sich hinsichtlich der Schreibweise Widersprüche zu der heutigen
Rechtschreibung ergeben.

Einleitung des Herausgebers.

Das erste zu Ende geführte Erzeugnis Tiecks, das er selbst als Novelle bezeichnete und das von Urteilsfähigen sofort als ein glänzendes Muster dieser Dichtungsart erkannt wurde, »Die Gemälde«, ist 1821 geschrieben und bereits im Oktober desselben Jahres in Amadeus Wendts (früher Beckers) »Taschenbuch zum geselligen Vergnügen auf das Jahr 1822«[1] veröffentlicht worden. Der erste Einzeldruck erschien 1823.[2] Neudrucke, vom Verfasser selbst besorgt, findet man im 17. Bande der »Schriften« (1844) und im ersten der »Gesammelten Novellen« (1852). Eine Übersetzung ins Englische erschien (mit der »Verlobung«) London 1825.

Nicht ohne Grund wiesen die Vertreter der neuen Kunstrichtung, die Goethe so schweren Verdruß bereitete, die sogenannten Altdeutschen und Nazarener 1817 war in Goethes »Kunst und Altertum« das berühmte Pamphlet gegen die neudeutsche religiös-patriotische Kunst erschienen[3] auf die Verherrlichung der religiösen Kunst und den poetischen Kunstenthusiasmus in Wackenroders »Klosterbruder«, in Tiecks und Wackenroders »Phantasien«, in Tiecks »Sternbald« und in A. W. Schlegels Gespräch »Die Gemälde« hin. Freilich hatte diese Verherrlichung und Begeisterung zu ihrer Zeit ihre volle Berechtigung gehabt und war auch noch nicht in den Dienst der kirchlichen Reaktion, des religiösen Ultramontanismus, der Frömmelei getreten. Aber jene Maler ebenso wie jüngere Dichter benutzten sie dazu, alle weltliche, sinnliche Schönheit zu verpönen, und die Widersacher der Romantik schoben auf diese die ganze Schuld an dem Übel. Erstere schadeten mithin durch Übertreibung einer an sich guten Sache, indem sie dieselbe in eine verkehrte umwandelten. Rechts und links sah Tieck mit seinem unbefangenen Blick das Unrecht wie das Recht der feindselig aufeinander stoßen-

---

[1] Leipzig, bei Gleditsch.

[2] Auch unter dem Titel: »Novellen von Ludwig Tieck«, 1. Bd., Dresden, Arnoldische Buchhandlung.

[3] A. a. O., 1. Bd. 2. Heft. Der Aufsatz »Neu-deutsche religiös-patriotische Kunst« ist allerdings nicht von Goethe selbst, sondern von seinem Freunde Johann Heinrich Meyer verfaßt, erschien aber unter Goethes Ägide und gibt dessen damalige Stimmung wieder.

den Strömungen, und er beschloß, im Rahmen einer heitern, humorvollen Erzählung ein Bild des damaligen Kunstlebens in Deutschland zu entwerfen, in welchem alle die Ausschreitungen und Thorheiten, an denen dasselbe krankte, mit überlegener Ironie in ihrer Lächerlichkeit vorgeführt werden sollten. So entstanden die »Gemälde«, Beachtenswert ist, wie vorurteilsfrei und objektiv der Dichter jeder wirklich künstlerischen Richtung ihr Recht läßt. Freilich wird die von sinnlicher Schönheit strotzende, fröhliche Kunst eines Giulio Romano mit beredten Worten gepriesen, aber auch der religiösen Malerei wird nicht unbarmherzig die Thür gewiesen. Nicht ein scharfer Angriff (wie gewöhnlich behauptet wird) gegen diese ist unsre Novelle, nur die lächerliche »Deutschtümelei«, die sich äußerlich durch altdeutsche Röcke, breite Kragen und wallende Haare bekundete, jene unschuldige Thorheit, die in der Person des jungen Malers Dietrich verkörpert ist, wird in ziemlich gutmütiger Weise verlacht; die ganze Schärfe der Satire ergießt sich vielmehr über die hochmütige, eingebildete Kunst *kenner*schaft; der anmaßende prinzliche »Kenner« ist es, der sich, als dem treuherzigen Kunst *enthusiasten* bereits die Augen aufgegangen sind, schließlich am plumpsten täuschen läßt und in dieser Täuschung beharrt. Das scheinbar alltägliche und doch wunderbare Ereignis, das nach Tiecks Theorie in jeder Novelle den Umschlag der Handlung herbeiführen soll, ist rein äußerlich genommen in den »Gemälden« die unvermutete, aber heiter vorbereitete Entdeckung der verschwundenen Gemälde, nach denen dann auch mit Recht die Erzählung ihren Namen führt. Der eigentliche Witz aber, die Überraschung, die Spitze, in der die ganze Erfindung gipfelt, beruht in der bittern Ironie, mit welcher der »Kenner« abgeführt wird, und um diese Spitze zu erreichen, hat der Dichter den schlauen Kunst *fälscher*, den alten Maler Eulenböck, eingefühlt, eine der genialsten Figuren, die unsre Novellenlitteratur aufzuweisen hat. Wie Tieck es überhaupt liebte, eigne Erfahrungen und Bekanntschaften in seinen Dichtungen künstlerisch zu verwerten, so hat er auch diese originelle Gestalt der Wirklichkeit nachgezeichnet: der humoristisch-geniale Architekt Hans Genelli[4] aus Berlin, viele Jahre hindurch ein ausgezeichnetes Mitglied des hochgebildeten Gräflich-Finkensteinschen

---

[4] 1763 1823; vgl. über ihn Varnhagen, »Galerie von Bildnissen aus Rahels Umgang«, Bd. I, S. 187 ff.

Familienkreises in Madlitz, dem Tieck bekanntlich so lange angehörte, hat dem Dichter viele Züge zu seinem Eulenböck liefern müssen. Mit Recht bewundert schon ein Rezensent der Jenaer »Allgemeinen Litteraturzeitung«[5] »die Gewandtheit, mit welcher der Dichter über das Ganze den Zauber des Lebens verbreitet, indem er nicht aus der Eigentümlichkeit der handelnden Personen und den Schranken der Geschichtserzählung heraustritt«. In der lebensvollen Charakteristik scheint auch uns der Hauptreiz der Novelle weit mehr zu liegen als in der bis zum Überdruß oft gerühmten, wenn auch gewiß unleugbaren »Reinheit der Sprache, Fülle der Ideen, Vollendung der Form und Lebendigkeit der Darstellung«. »Tiecks Novellen«, schreibt Hebbel an einen Freund, »sind eigentlich durchaus didaktischer Natur, aber es ist bewundernswürdig, wie sehr bei ihm alles, was andern unter der Hand zu frostigem Räsonnement gefriert, in den farbigsten Lebenskristallen aufschießt. Auch das ist ihm eigentümlich, daß er nichts zusammenbringt, was nicht unbedingt zusammen gehört, was nicht zusammen kommen müßte, wenn es sich in seiner echten Wesenheit, in seiner Bedeutung für die Menschenwelt entwickeln soll. Und diese Prädestination, wie ich's nennen möchte, die man bei so äußerst wenigen findet, ... ist nur bei einer grenzenlos freien Übersicht, bei dem reinsten und ruhigsten Walten möglich.« Ein Lob aus Dichtermunde, das vielleicht keiner Tieckschen Novelle in höherm Grade und so ohne alle Einschränkung gilt als den »Gemälden«! Daß übrigens der Dichter, der es liebt, sich selbst in seinen Erfindungen zu ironisieren, der Hauptperson der Novelle auch einiges von seinem eignen Wesen verliehen hat, wird man erkennen, wenn man die hoch ergötzlichen Tischreden Eulenböcks neben folgende Notiz in Karl Försters »Tagebuch«[6] hält. »Tieck«, heißt es daselbst, »war unendlich guter Laune, sein ganzes dramatisch-mimisch-geselliges Talent ist in Bewegung ... dann sprach er mit bewunderungswürdiger Kenntnis über die verschiedensten Weine, hielt der Leberwurst, wie sie in Berlin bereitet werde, eine Lobrede, und indem er eine Auster auf das anmutigste schlürfte, stellte er die Behauptung fest, daß das vielgenannte Linsengericht des Esau gewiß eine Schüssel mit Austern gewesen sei, etc.«

---

[5] 1824, Ergänzungsblatt 132.

[6] 1. Januar 1822, S. 247.

Eine durch ihre Form wie durch die Person des Verfassers merkwürdige Beurteilung der Novelle möge noch angeführt werden. Sie rührt von Theodor Hell, dem in unsrer allgemeinen Einleitung erwähnten Hofrat Winkler in Dresden, her, der sich in der »Abendzeitung« vom 24. Oktober 1821, in einer poetischen Revue über die Taschenbücher für 1822, folgendermaßen vernehmen ließ.

> »Welchen Reichtum tiefverständigen, sinnigen Forschens
> Über die bildende Kunst, wie sie erschafft und kopiert,
> Eng verbunden mit hochaufsprudelndem Sterneschen
> *Humor*,
> Bietet uns Ludwig Tieck, wenn *die Gemälde* wir schaun,
> Die zur Novelle gereift er hier gar künstlich geordnet,
> Daß zur Galerie wurde die lehrende Schrift,
> Eduards frisches Gemüt, die zartere Neigung Sophiens,
> Walthers Liebe zur Kunst, Erichs geordneter Sinn,
> Überschätzend sich selbst der Blick des Prinzen, vor allen
> Aber du heitre Gestalt, die du mit köstlichem Witz
> Würzest das Ganze, du Schelm mit toll austobender
> Laune,
> Eulenböck! ihr erfreut alle, indem ihr belehrt.
> Und so treten die Nebenpersonen ins rechte Verhältnis,
> Daß für jeden der Raum genüge, entwickelnd sich
> selbst.«

Die Gemälde

»Treten Sie nur indes hier in den Bildersaal«, sagte der Diener, indem er den jungen Eduard hereinließ; »der alte Herr wird gleich zu Ihnen kommen.«

Mit schwerem Herzen ging der junge Mann durch die Thüre. »Mit wie so andern Gefühlen«, dachte er bei sich selbst, »schritt ich sonst mit meinem würdigen Vater durch diese Zimmer! Das ist das erste Mal, daß ich mich zu dergleichen hergebe, und es soll auch das letzte sein. Wahrlich, das soll es! Und es ist Zeit, daß ich von mir und der Welt anders denke.«

Er trat weiter im Saale vor, indem er ein eingehülltes Gemälde an die Wand stellte. »Wie man nur so unter leblosen Bildern ausdauern kann und einzig in ihnen und für sie da sein!« so setzte er seine stummen Betrachtungen fort. »Ist es nicht, als wenn diese Enthusiasten in einem verzauberten Reiche untergehen? Für sie ist nur die Kunst das Fenster, durch welches sie die Natur und die Welt erblicken; sie können beide nur erkennen, indem sie sie mit den Nachahmungen derselben vergleichen. Und so verträumte doch auch mein Vater seine Jahre; was nicht Bezug auf seine Sammlung hatte, war für ihn nicht bedeutender, als wenn es unter dem Pole vorfiele. Seltsam, wie jede Begeisterung so leicht dahin führt, unser Dasein und alle unsere Gefühle zu beschränken.«

Indem erhob er sein Auge und war fast geblendet oder erschrocken vor einem Gemälde, welches in der obern Region des hohen Saales ohne den Schmuck eines Rahmens hing. Ein blonder Mädchenkopf mit zierlich verwirrten Locken und mutwilligem Lächeln guckte herab, im leichten Nachtkleide, die eine Schulter etwas entblößt, die voll und glänzend schien; in langen, zierlichen Fingern hielt sie eine eben aufgeblühte Rose, die sie den glühend roten Lippen näherte. »Nun wahrlich«, rief Eduard laut, »wenn dies Bild von Rubens[7] ist, wie es sein muß, so hat der herrliche Mann in dergleichen Gegenständen alle andern Meister übertroffen! Das lebt, das atmet! Wie die frische Rose den noch frischeren Lippen entgegen-

---

[7] Peter Paul Rubens (1577 1640), der große niederländische Historienmaler und Gründer der sogenannten Schule von Brabant.

blüht! Wie sanft und zart die Röte beider ineinander leuchtet und doch so sicher getrennt ist! Und dieser Glanz der vollen Schulter, darüber die Flachshaare in Unordnung gestreut! Wie kann der alte Walther sein bestes Stück so hoch hinauf hängen und ohne Rahmen lassen, da all das andre Zeug in den kostbarsten Zierden glänzt?«

Er erhob wieder den Blick und fing an zu begreifen, welche gewaltige Kunst die der Malerei sei, denn das Bild wurde immer lebendiger. »Nein, diese Augen!« sprach er wieder zu sich selbst, ganz im Anschauen verloren; »wie konnten Pinsel und Farbe dergleichen hervorbringen? Sieht man nicht den Busen atmen, die Finger und den runden Arm sich bewegen?«

Und so war es auch in der That: denn in diesem Augenblick erhob sich das reizende Bild und warf mit dem Ausdruck schelmischen Mutwillens die Rose herab, die dem jungen Mann ins Gesicht flog, trat dann zurück und verschloß klirrend das kleine Fenster.

Erschrocken und beschämt nahm Eduard die Rose vom Boden auf. Er erinnerte sich nun deutlich des schmalen Ganges, welcher oben neben dem Saale weglief und zu den höhern Zimmern des Hauses führte; die übrigen kleinen Fenster waren mit Bildern verhangen, nur dieses hatte man, um Licht zu gewinnen, in seinem Zustande gelassen, und der Hausherr selbst pflegte von dort oft die Gäste zu mustern, die seine Galerie besuchen wollten. »Ist es möglich«, sagte Eduard, nachdem er sich aller dieser Umstände erinnert hatte, »daß die kleine Sophie in einem Zeitraume von vier Jahren zu einer solchen Schönheit hat erwachsen können?« Er drückte unbewußt und in sonderbarer Zerstreuung die Rose an den Mund, stellte sich dann, starr auf den Boden sehend, an die Mauer und bemerkte nicht, daß der alte Walther schon seit einigen Sekunden neben ihm stand, bis dieser ihn mit einem freundlichen Schlage auf die Schulter aus seiner Träumerei erweckte. »Wo waren Sie, junger Mann?« sagte er scherzend; »Sie sind wie einer, der eine Erscheinung gehabt hat.«

»So ist es mir selbst«, sagte Eduard; »vergeben Sie, daß ich Ihnen mit meinem Besuche lästig falle.«

»Wir sollten uns nicht so fremd sein, junger Freund«, sagte der Alte herzlich; »es ist nun schon länger als vier Jahre, daß Sie mein Haus nicht betreten haben. Ist es recht, den Freund Ihres Vaters,

Ihren ehemaligen Vormund, der es gewiß immer gut mit Ihnen meinte, wenn wir gleich damals einige Differenzen miteinander hatten, so ganz zu vergessen?«

Eduard ward rot und wußte nicht gleich, was er antworten sollte. »Ich glaubte nicht, daß Sie mich vermissen würden«, stotterte er endlich. »Es könnte vieles, alles anders gewesen sein; allein die Irrtümer der Jugend «

»Lassen wir das«, rief der Alte im frohen Mut; »was hindert uns, unsre ehemalige Bekanntschaft und Freundschaft zu erneuern? Was führt Sie jetzt zu mir?«

Eduard sah nieder, dann warf er einen eiligen, schnell abgleitenden Blick auf den alten Freund, zauderte noch und ging nun mit zögerndem Schritt nach dem Pfeiler, wo das Gemälde stand, das er aus seiner Verhüllung nahm. »Sehen Sie hier«, sagte er, »was ich noch unvermutet in der Verlassenschaft meines seligen Vaters gefunden habe, ein Bild, das in einem Bücherschranke aufbewahrt war, den ich seit Jahren nicht eröffnet hatte; Kenner wollen mir sagen, daß es ein trefflicher Salvator Rosa[8] sei.«

»So ist es«, rief der alte Walther mit begeisterten Blicken. »Ei, das ist ein herrlicher Fund! Ein Glück, daß Sie es so unvermutet entdeckt haben. Ja, mein verstorbener lieber Freund hatte Schätze in seinem Hause, und er wußte selber nicht, was er alles besaß.«

Er stellte das Bild in das rechte Licht, prüfte es mit leuchtenden Augen, ging näher und wieder zurück, begleitete aus der Ferne die Linien der Figuren mit einem Kennerfinger und sagte dann: »Wollen Sie mir es ablassen? Nennen Sie mir den Preis, und das Bild ist mein, wenn es nicht zu teuer ist.«

Indem hatte sich ein Fremder herbei gemacht, der in einer andern Wendung des Saales nach einem Julio Romano[9] zeichnete. »Ein Salvator?« fragte er mit etwas schneidendem Tone, »den Sie wirklich als einen alten Besitz in einer Verlassenschaft gefunden haben?«

---

[8] Salvator Rosa (1615 78), ausgezeichneter Genre-, Landschafts- und Porträtmaler.

[9] Giulio Romano, d.h. der Römer, eigentlich Pippi (1492 1546), Raffaels genialster Schüler, Meister in der Darstellung der üppigen Schönheit und leidenschaftlichen Bewegung.

»Allerdings«, sagte Eduard, den Fremden mit einem stolzen Blicke musternd, dessen schlichter Oberrock und einfaches Wesen etwa einen reisenden Künstler vermuten ließen.

»So sind Sie selbst hintergangen«, antwortete der Fremde mit einem stolzen, rauhen Tone, »im Fall Sie nicht hintergehen wollen; denn dieses Bild ist augenscheinlich ein ziemlich modernes, vielleicht ist es ganz neu, wenigstens gewiß nicht über zehn Jahre alt, eine Nachahmung der Manier des Meisters, gut genug, um auf einen Augenblick zu täuschen, das sich aber bei näherer Prüfung dem Kenner bald in seiner Blöße zeigt.«

»Ich muß mich sehr über diese Anmaßung verwundern«, rief Eduard aus, ganz außer Fassung gesetzt. »Im Nachlasse meines Vaters befanden sich lauter gute Bilder und Originale, denn er und der Herr Walther galten immer für die besten Kenner in der Stadt. Und was wollen Sie? Bei unserm berühmten Kunsthändler Erich hängt der Pendant zu diesem Salvator, für welchen vor einigen Tagen ein Reisender eine sehr große Summe geboten hat. Man halte beide zusammen, und man wird sehen, daß sie von einem Meister sind und zusammen gehören.«

»So?« sagte der Fremde mit langgedehntem Tone. »Sie kennen also oder wissen um jenen Salvator auch? Freilich ist er von derselben Hand wie dieser hier, das leidet keinen Zweifel. In dieser Stadt sind die Originale dieses Meisters selten, und Herr Erich und Walther besitzen keines von ihm; aber ich bin mit dem Pinsel dieses großen Meisters vertraut und gebe Ihnen mein Wort, daß er diese Bilder nicht berührte, sondern daß sie von einem Neueren herrühren, der Liebhaber mit ihnen hintergehen will.«

»Ihr Wort?« rief Eduard in glühender Röte; »Ihr Wort! Ich sollte denken, daß das meinige hier ebensoviel und noch mehr gölte!«

»Gewiß nicht«, sagte der Unbekannte, »und außerdem muß ich noch bedauern, daß Sie sich von Ihrer Hitze übereilen und verraten lassen. Sie wissen also um die Fabrikation dieses Machwerks und kennen den nicht ungeschickten Nachahmer?«

»Nein!« rief Eduard noch heftiger; »Sie sollen mir diese Beschimpfung beweisen, mein Herr! Diese Anmaßungen, diese Unwahrheiten, die Sie so dreist herausstoßen, kündigen einen mehr als gehässigen Charakter an.«

Der Geheimerat Walther war in der größten Verlegenheit, daß diese Szene in seinem Hause vorfallen mußte. Er stand prüfend vor dem Bilde und hatte sich schon überzeugt, daß es eine moderne, aber treffliche Nachahmung des berühmten Meisters sei, die wohl auch ein erfahrenes Auge hintergehen konnte. Ihn schmerzte es innig, daß der junge Eduard in diesen bösen Handel verwickelt war; die beiden Streitenden aber waren so heftig erzürnt, daß jede Vermittlung unmöglich wurde.

»Was Sie da sprechen, mein Herr!« rief der Fremde jetzt auch in erhöhtem Tone, »Sie sind unter meinem Zorn, und ich bin erfreut, daß ein Zufall mich in diese Galerie geführt hat, um zu verhüten, daß ein würdiger Mann und Sammler hintergangen wurde.«

Eduard schäumte vor Wut. »So ist es nicht gemeint gewesen«, sagte begütigend der Alte.

»Wohl war das die Meinung«, fuhr der Fremde fort; »es ist ein altes, wiederholtes Spiel, bei dem man es nicht einmal der Mühe wert gefunden hat, eine neue Erfindung anzubringen. Ich sah in der Kunsthandlung jenen sogenannten Salvator Rosa; der Eigentümer hielt ihn für echt und wurde noch mehr darin bestärkt, als ein Reisender, der, der Kleidung nach, ein sehr vornehmer Mann sein konnte, einen hohen Preis für das Bildchen bot; er wollte bei der Rückkehr wieder zusprechen und bat sich vom Kunsthändler aus, daß dieser das Gemälde wenigstens vier Wochen nicht aus den Händen geben sollte.   Und wer war dieser vornehme Herr? Der weggejagte Kammerdiener des Grafen Alten aus Wien. So ist es klar, daß das Spiel, von wem es auch herrühre, auf Sie, Herr Walther, und Ihren Freund Erich abgekartet war.«

Eduard hatte indessen mit zitternden Händen sein Bild schon wieder eingewickelt; er knirschte mit den Zähnen, stampfte mit dem Fuße und schrie: »Der Teufel soll mir diesen Streich bezahlen!« So stürzte er zur Thür hinaus und bemerkte nicht, daß das Mädchen wieder von oben in den Saal herabschaute, die durch das Geschrei der Streiter herbeigezogen worden war.

»Mein werter Herr«, so wandte sich jetzt der Alte zu dem Unbekannten, »Sie haben mir weh gethan; Sie sind zu rasch mit dem jungen Manne verfahren; er ist leichtsinnig und ausschweifend, aber ich habe bis jetzt noch keinen schlechten Streich von ihm gehört.«

»Einer muß immer der erste sein«, sagte der Fremde mit kalter Bitterkeit. »Er hat wenigstens heute Lehrgeld gegeben und kehrt entweder um, oder lernt so viel, daß man seine Sachen klüger anfangen und auf keinen Fall die Fassung verlieren muß.«

»Er ist gewiß selbst hintergangen«, sagte der alte Walther, »oder er hat wirklich das Bild, wie er sagt, gefunden, und sein Vater, der ein großer Kenner war, hat es schon deswegen, weil es nicht echt ist, beiseite geschafft.«

»Sie wollen es zum Besten kehren, alter Herr«, sagte der Fremde; »aber in diesem Falle wäre der junge Mensch nicht so unanständig heftig geworden. Wer ist er denn eigentlich?«

»Sein Vater«, erzählte der Alte, »war ein reicher Mann, der ein großes Vermögen hinterließ; er hatte eine so starke Leidenschaft für die Kunst, wie gewiß nur wenige Menschen ihrer fähig sind. Auf diese verwandte er einen großen Teil seines Vermögens, und seine Sammlung war unvergleichlich zu nennen. Darüber aber versäumte er wohl etwas zu sehr die Erziehung dieses seines einzigen Sohnes; sowie daher der Alte starb, war der junge Mensch nur darauf bedacht, Geld auszugeben, mit Schmarotzern und schlechtem Volke Umgang zu haben, sich Mädchen und Equipagen zu halten. Als er majorenn wurde, waren ungeheure Schulden bei Wucherern und Wechsel zu bezahlen, aber er setzte seinen Stolz darein, nun noch mehr zu verschwenden; die Kunstwerke wurden verkauft, da er keinen Sinn für diese hat; ich nahm sie für billige Preise. Jetzt hat er wohl, außer dem schönen Hause, so ziemlich alles durchgebracht, und auch auf diesem mögen Schulden lasten; Kenntnisse hat er schwerlich erworben, Beschäftigung ist ihm unleidlich, und so muß man mit Bedauern sehen, wie er seinem Untergang entgegengeht.«

»Die alltägliche Geschichte von so vielen«, bemerkte der Unbekannte, »und der gewöhnliche Weg unwürdiger Eitelkeit, der die Menschen lustig in die Arme der Verachtung führt.«

»Wie haben Sie sich nur dieses sichre Auge erwerben können?« fragte der Rat; »auch erstaune ich über die Art, mit der Sie dem Julio nachzeichnen, da Sie doch kein Künstler sind, wie Sie sagen.«

»Aber ich studiere seit lange die Kunst«, antwortete der Fremde; »ich habe die wichtigsten Galerien in Europa fleißig und nicht ohne Nutzen gesehen, mein Blick ist von Natur scharf und richtig und noch durch Übung gebildet und sicher gemacht, so daß ich mir schmeicheln darf, wohl nicht so leicht, am wenigsten über meine Lieblinge zu irren.«

Der Fremde empfahl sich jetzt, nachdem er dem Sammler hatte versprechen müssen, am folgenden Mittage bei ihm zu essen, denn der Alte hatte vor den Kenntnissen des Reisenden große Achtung gewonnen.

*

Mit unbeschreiblichem Zorne ging Eduard nach Hause. Er trat wütend ein, warf alle Thüren heftig hinter sich zu und eilte durch die großen Gemächer nach einem kleinen Hinterstübchen, wo in der Dämmerung der alte Eulenböck bei einem Glase starken Weines seiner wartete. »Hier!« schrie Eduard, »du alter, schiefnasiger, weinverbrannter Halunke, ist deine Schmiererei wieder; verkauf' sie an den Seifensieder drüben, der sie in die Lichte gießen kann, wenn ihm die Malerei nicht ansteht.«

»Wäre schade«, sagte der alte Maler, »um das gute Bildchen«, indem er sich mit größter Kaltblütigkeit ein neues Glas einschenkte. »Hast dich erhitzt, Freundchen; und der Alte hat von dem Kauf nichts wissen wollen?«

»Schelm!« schrie Eduard, indem er das Bild heftig hinwarf; »und um deinetwillen bin ich auch zum Schelm geworden! Beschimpft, gekränkt! O, und wie beschämt vor mir selber, glühend Kopf und Hals hinunter, daß ich mir aus Liebe zu dir solche Lüge erlaubte.«

»Ist keine Lüge, liebes Männchen«, sagte der Maler, indem er das Bild auswickelte, »ist ein so veritabler Salvator Rosa, wie ich nur noch je einen gemalt habe. Hast mich ja nicht daran arbeiten sehen und kannst also nicht wissen, von wem das Bild herrührt. Du hast kein Geschick, mein Hänschen; ich hätte dir die Sache nicht anvertrauen sollen.«

»Ich will ehrlich sein«, rief Eduard und schlug mit der Faust auf den Tisch; »ich will ein ordentlicher Mensch werden, daß andre und ich selber wieder Achtung vor mir haben! Ganz anders will ich werden, einen neuen Lebenswandel will ich anfangen!«

»Warum dich erbosen?« sagte der Alte und trank. »Ich will dich nicht hindern; mich wird's freuen, wenn ich das erlebe. Ich habe ja immer an dir ermahnt und dir vorgepredigt, ich habe dich auch an Beschäftigung zu gewöhnen gesucht, ich habe dir das Restaurieren lehren wollen, Firnisse bereiten, Farben reiben, in Summa, ich habe es an nichts bei dir fehlen lassen.«

»Hund von Kerl!« rief Eduard, »dein Junge, dein Farbenreiber sollt' ich werden? Aber freilich, ich bin ja heute noch tiefer gesunken, da ich mich zum Spitzbuben eines Spitzbuben habe gebrauchen lassen.«

»Was das Kind für ehrenrührige Ausdrücke braucht«, sagte der Maler und schmunzelte in sein Glas hinein. »Wenn ich mir so was zu Herzen nähme, so hätten wir die Schlägerei oder bittere Feindschaft hier zur Stelle. Er meint es aber gut in seinem Eifer; der Junge hat was Nobles in seinem ganzen Wesen, allein zum Bilderhändler taugt er freilich nicht.«

Eduard legte sich mit dem Kopfe auf den Tisch, und der Maler wischte schnell einen Weinfleck ab, damit der Jüngling nicht mit dem Ärmel hineinfahre. »Der gute, liebe Salvator«, sagte er dann bedächtig, »soll auch nicht das beste Leben geführt haben, sie geben ihm gar schuld, er sei Bandit gewesen. Als Rembrandt[10] sich bei lebendigem Leibe für tot ausgab, um den Preis seiner Werke zu erhöhen, war er auch nicht ganz der Wahrheit treu geblieben, ob er gleich wirklich einige Jahre später starb und sich also nur in der Jahreszahl etwas verrechnet hatte. So, wenn ich nun solch Bildchen in aller Liebe und Demut male, mich in den alten Meister und seine lieben Eigenheiten recht sanftselig und saumthunlich[11] hineindenke, daß mir immer ist, als führte des Verstorbenen Seelchen mir Hand und Pinsel, und das Ding ist dann fertig und nickt mir mit

---

[10] Paul Rembrandt Harmensz van Ryn (1606 69), Niederländer, am größten als Porträtmaler
[11] Gemächlich.

rechter Herzlichkeit seinen Dank zu, daß ich auch was vom alten Virtuosen geliefert habe, der doch nicht alles hat machen und nicht ewig hat leben können, und ich mich nun vollends nach einem Glase Wein, indem ich es mit tieferer Prüfung beschaue, rechtgläubig überzeuge, daß es vom alten Herrn wirklich herrührt, und ich übergebe es so einem andern Liebhaber des Seligen und verlange nur ein Billiges für die Mühe, daß ich mir die Hand habe führen, mein eignes Ingenium derzeit unterdrücken lassen, an der Verringerung meines eignen Künstlernamens zu arbeiten   ist denn das so himmelschreiende Sünde, Freundchen, wenn ich mich selbst auf solche kindliche Weise aufopfre?«

Er hob den Kopf des Liegenden auf, verwandelte aber seine grinsende Freundlichkeit in ebenso verzerrten Ernst, als er die Wangen des Jünglings voll Thränen sah, die in einem heißen Strome unaufhaltsam aus den Augen stürzten. »O meine verlorne Jugend!« schluchzte Eduard; »o ihr goldnen Tage, ihr Wochen und Jahre! Wie seid ihr doch so sündlich verschleudert worden, als läge nicht in euern Stunden der Keim der Tugend, der Ehre und des Glücks; als sei dieser köstlichste Schatz der Zeit jemals wieder zu gewinnen. Wie ein Glas abgestandenes Wasser hab' ich mein Leben und den Inhalt meines Herzens ausgegossen. Ach! welch Dasein hätte mir aufgehen können, welch Glück mir und andern, wenn ein böser Geist nicht meine Augen verblendete. Segensbäume wuchsen und schatteten um mich und über mir, in denen der Freund, die Gattin und die Bedrängten Hülfe, Trost, Heimat und Frieden fanden; und ich habe die Axt im schwindelnden Übermut an diesen Hain gelegt und muß nun Frost, Sturm und Hitze dulden!«

Eulenböck wußte nicht, welch Gesicht er machen, noch weniger, was er sagen sollte, denn in dieser Stimmung, mit solchen Gesinnungen hatte er seinen jungen Freund noch niemals gesehen; er war endlich nur froh und beruhigt, daß dieser ihn nicht bemerkte, so daß er in behaglicher Heimlichkeit seinen Wein ausleerte.

»Tugendhaft also willst du werden, mein Sohn?« fing er endlich an. »Auch gut. Wahrlich! wenige Menschen sind für die Tugend so portiert[12]   als ich selber, denn es gehört schon ein scharfer Blick

---

[12] Eingenommen.

dazu, um nur zu wissen, was Tugend ist. Knausern, den Leuten abzwacken, sich und unserm Herrgott etwas vorlügen, ist gewiß keine. Wer aber das rechte Talent dazu hat, der findet's auch. Wenn ich einem verständigen Mann zu einem guten Salvator oder Julio Romano von meiner Hand verhelfe, und er freut sich dann, so habe ich immer noch besser gehandelt, als wenn ich einem Pinsel einen echten Raffael verkaufe, den der Gimpel nicht zu schätzen weiß, so daß ihm im Grunde seines Herzens ein geschniegelter Van der Werft[13] mehr Freude machen würde. Meinen großen Julio Romano muß ich nun wohl in eigner Person verkaufen, da du zu dergleichen weder Gaben noch Glück hast.«

»Diese armseligen Sophistereien«, sagte Eduard, »können auf mich nicht mehr wirken; diese Zeit ist vorüber, und du magst dich nur in acht nehmen, daß sie dich nicht ertappen; denn mit Laien mag es dir wohl gelingen, aber nicht mit Kennern, wie der alte Walther einer ist.«

»Laß gut sein, mein Kindchen«, sagte der alte Maler, »die Kenner sind gerade am besten zu betrügen, und mit einem Unerfahrenen möcht' ich gar nicht einmal anfangen. O dieser gute, alte, liebe Walther, dies feine Männchen! Hast du nicht den schönen Höllenbreughel[14] gesehen, der am dritten Pfeiler zwischen der Skizze von Rubens und dem Porträt von van Dyck[15] hängt? Der ist von mir. Ich kam zu dem Männchen mit dem Gemälde: ›Wollen Sie nicht etwas Schönes kaufen?‹ ›Was!‹ rief er; ›solche Fratzen, Tollheiten? Das ist nicht meine Sache; zeigen Sie doch. Nun, ich nehme sonst dergleichen Unsinn bei mir nicht auf, indessen weil in diesem Bilde doch etwas mehr Anmut und Zeichnung ist, als man sonst bei diesen Phantasien trifft, so will ich mit ihm einmal eine Ausnahme machen.‹ In Summa, er hat's behalten und zeigt's den Leuten, um seinen vielseitigen Geschmack zu beurkunden.«

---

[13] Adrian van der Werff (1659 1712), Porträt- und Genremaler von »elfenbeinerner« Glätte.

[14] Pieter Breughel (Breughel, 1564-1628), Niederländer, zum Unterschied von seinem Vater (dem »Bauernbreughel«) und seinem jüngern Bruder (dem »Samtbreughel«) nach seinen phantastischen Teufels- und Spukszenen der »Höllenbreughel« genannt.

[15] Antonis van Dyck aus Antwerpen (1599 1641), berühmter Porträt- und Historienmaler.

Eduard sagte: »Aber willst du denn nicht auch noch ein rechtlicher Mann werden? Es ist doch die höchste Zeit!«

»Mein junger Bekehrer«, rief der Alte, »ich bin es längst; du verstehst das Ding nicht, auch bist du mit deinem heißen Anlauf noch nicht durch. Stehst du am Ziel und bist glücklich allen Klippen, Halseisen, Leuchtpfählen[16] vorüber, dann winke mir nur dreist, und ich steure dir vielleicht nach. Bis dahin laß mich ungeschoren.«

»So trennt sich also unsre Laufbahn«, sagte Eduard, indem er ihn wieder freundlich anblickte; »ich habe viel versäumt, aber doch noch nicht alles, mir bleibt noch etwas von meinem Vermögen, mein Haus. Hier will ich mich einfach einrichten und beim Prinzen, der binnen kurzem hier ankommen wird, eine Stelle als Sekretär oder Bibliothekar suchen, vielleicht reise ich mit ihm; vielleicht daß anderswo ein Glück oder, wenn das nicht, so beschränke ich mich hier und suche Arbeit und Beschäftigung in meiner Vaterstadt.«

»Und wann soll das Tugendleben losgehen?« fragte der Alte mit grinsendem Lachen.

»Gleich«, sagte der Jüngling, »morgen, heut', diese Stunde!«

»Narrenspossen!« sagte der Maler und schüttelte den greisen Kopf. »Zu allen guten Dingen muß man sich Zeit lassen, sich vorbereiten, einen Anlauf nehmen, die alte Periode mit einer Feierlichkeit beschließen und die neue ebenso beginnen. Das war eine herrliche Sitte, daß in manchen Gegenden unsere Vorfahren das Karneval mit rechter, echter Ausgelassenheit zu Grabe trugen, daß sie zuletzt noch einmal recht toll aufjubelten und sich in der Lust übernahmen, um nachher ungestört und ganz ohne Gewissensskrupel fromm sein zu können. Laß uns der verehrlichen Sitte nachfolgen; Brüderchen, sieh, ich bin dir so gut, gib uns und deinen Launen noch einmal so einen rechten ausgesuchten Weinschmaus, so einen hohen Valet- und Abschiedhymnus, daß wir, besonders ich, deiner gedenken; laß uns beim besten Wein bis in die tiefe Nacht hinein jubeln, dann gehst du rechts ab zur Tugend und Mäßigkeit, und wir andern bleiben links, wo wir sind.«

---

[16] Scheiterhaufen.

»Schlemmer!« sagte Eduard lächelnd; »wenn du nur einen Vorwand findest, dich zu betrinken, so ist dir alles recht. Es sei also, am heiligen Dreikönigs-Abend.«

»Da ist ja noch vier Tage hin«, seufzte der Alte, indem er den letzten Rest ausschlürfte und sich dann schweigend entfernte.

*

»Wir werden heut' eine kleine Tischgesellschaft haben«, sagte der Rat Walther zu seiner Tochter.

»So?« fragte Sophie, »und wird der junge Eduard auch herkommen?«

»Nein«, antwortete der Vater, »wie fällst du auf diesen?«

»Ich dachte nur«, sagte Sophie, »daß Sie ihm vielleicht durch eine Einladung die unangenehme Szene etwas vergüten wollten, die er ohne Ihren Willen in Ihrem Hause hat erleiden müssen.«

»Heute würde es am wenigsten passen«, erwiderte der Alte, »da gerade der Mann mit uns speisen wird, von dem der junge Mensch beleidigt ward.«

»So? der?« sagte das Mädchen mit gedehntem Tone.

»Es scheint, der fremde Mann ist dir unangenehm.«

»Recht sehr«, rief Sophie; »denn erstlich, kann ich es von niemand leiden, wenn man nicht genau weiß, wer er ist; solch Inkognito ist in der Fremde allerliebst, um für etwas Besonderes zu gelten, wenn hinter dem Menschen gerade gar nichts steckt, und so ist es gewiß mit diesem Unbekannten, der ganz das Wesen eines vazierenden Hofmeisters oder Sekretärs hat, der sich gestern in Ihrer Galerie ein Ansehen gab, als wenn er der oberste Direktor aller Heiden-Bekehrungsanstalten wäre.«

»Du sagtest: erstens!« fragte der Vater lächelnd; »nun also zweitens?«

»Zweitens ist er fatal«, sagte sie lachend, »und drittens ist er unausstehlich, und viertens hasse ich ihn wahrhaft.«

»Das ist freilich erstens und letztens bei euch«, sagte der Alte. »Übrigens erscheint noch mein Freund Erich und der junge Maler Dietrich sowie der wunderliche Eulenböck.«

»Da haben wir ja alle Zeitalter beisammen«, rief Sophie aus, »alle Arten von Geschmack und Gesinnung! Kommt nicht etwa auch noch der junge Herr von Eisenschlicht, um mir das Leben recht sauer zu machen?«

Der Vater hob den Finger drohend auf, sie ließ sich aber nicht irren, sondern fuhr schnell und unwillig fort: »Es ist ja wahr, daß ich in dieser Gesellschaft meines Lebens niemals froh werde; das schwatzt und guckt und ist artig und lügt und wird unausstehlich durcheinander, daß ich statt solcher Mahlzeiten lieber drei Tage hungern möchte. Solche verliebte Leute sind mir so zuwider wie unreife Johannisbeeren! Jedes Wort von ihnen schmeckt mir noch sauer nach acht Tagen und verdirbt mir auch die Zunge für alle bessere Früchte. Der alte krummnasige, kupfrige Sünder ist mir noch von allen der liebste, denn er denkt doch nicht daran, mich wie ein Möbel in seine Stuben hinzustellen.«

»Diese Art und Weise«, sagte der Vater, »ist mir an dir selbst leid, ja recht verdrüßlich, weil ich bei deinem starren Eigensinn noch gar nicht absehen kann, wie du dich je ändern möchtest. Du weißt nun, wie ich über die Ehe und die sogenannte Liebe denke, wie sehr du mich glücklich machen würdest, wenn du deinen Willen brechen wolltest «

»Ich muß nach der Küche sehen«, rief sie plötzlich; »ich muß Ihnen heute Ehre machen; vergessen Sie nur nicht die guten Weine, damit der rötliche Eulenböck nicht Ihren Keller in schlechten Ruf bringt.« So lief sie hinaus, ohne eine Antwort abzuwarten.

Der Alte ging an seine Geschäfte, indessen die Tochter Küche und Tisch besorgte. Sie hatte jenes Gespräch so plötzlich abgebrochen, weil es der Wunsch des Vaters, den sie nur gar zu gut kannte, war, sie mit seinem Freunde Erich zu verheiraten, der zwar nicht mehr jung, indessen auch noch nicht so sehr in Jahren vorgerückt war, daß ein solcher Plan lächerlich gewesen wäre. Erich hatte bei seinem Handel ein ansehnliches Vermögen erworben; in diesem Augenblicke besaß er eine Sammlung ganz vorzüglicher Bilder aus den italienischen Schulen, und Walther hatte den Gedanken, daß, falls seine Tochter sich noch zu dieser Heirat bereden ließe, Erich alsdann seinen Handel einstellen und diese vorzüglichen Gemälde seiner Galerie einverleiben solle, damit der Schwiegersohn diese dann nach seinem Tode als eine recht ausgezeichnete besäße und erhielte. Denn es war ihm fürchterlich, sich diese treffliche Sammlung einst wieder zerstreut zu denken, vielleicht gar unter dem Preise verkauft und an Menschen vergeudet, bei denen die Bilder durch Unverstand zu Grunde gehen könnten. Seine Leidenschaft für Malerei war so groß, daß er auf jeden Fall seines Freundes Bilder für eine sehr große Summe gekauft haben würde, wenn ihn nicht der Erwerb eines ansehnlichen Gutes und großen Gartens, die er seiner Tochter zurücklassen wollte, gehindert und ihm jetzt jede Auslage, vorzüglich aber eine so bedeutende, unmöglich gemacht hätte. Indem er seine Briefe schrieb, zerstreuten ihn diese Gedanken unaufhörlich. Er gedachte dann des jungen Malers Dietrich, eines hübschen, blonden Jünglings; und ob ihm gleich dessen Art, die Kunst auszuüben, so wenig wie die, sich zu kleiden, recht war, so hätte er doch auch diesen gern als Schwiegersohn umarmt, weil er überzeugt sein konnte, daß der junge Mensch für sein Kunstvermächtnis die höchste Ehrerbietung hegen würde. Der alte Maler Eulenböck konnte ihm für seine Plane nie in die Gedanken kommen; aber seit gestern hatte er den fremden Kunstkenner mit väterlichem Auge gemustert, und die schnippische Antwort der Tochter, mit der sie sich über diesen geäußert hatte, war ihm daher um so empfindlicher. Er mochte es sich nicht gestehen, aber er dachte, wenn er in die Zukunft schaute, weit mehr an das Heil seiner Sammlung als an das Glück seines Kindes. Selbst der junge Herr von Eisenschlicht, der Sohn eines Wucherers, wäre ihm zum Eidam erwünscht gewesen, weil der junge Mensch auf Reisen sich ziemlich gebildet hatte; und da dieser zugleich die Neigungen seines Vaters besaß, so ließ sich wohl erwarten, daß er aus jeder Rücksicht eine so kostbare Sammlung in Ehren halten würde.

So war der Vormittag verstrichen, und die Gäste fanden sich nach und nach ein. Zuerst der jüngste, Dietrich, im sogenannten altdeutschen Rocke, die weißlichen Haare auf den Schultern hängend, und mit einem blonden Bärtchen, der sein rosenrotes, durchsichtiges Antlitz nicht entstellte. Er erkundigte sich sogleich angelegentlich nach der Tochter, und diese erschien, geschmückt, in einem grünseidenen Kleide, das den Glanz ihres Gesichts und Nackens wunderbar erhob. Der Jüngling begann sogleich ebenso verlegen als zudringlich ein Gespräch mit Sophien, das um so trockner wurde, um so mehr er es überschwenglich zu machen suchte. Gestört und getröstet wurden beide durch das Erscheinen des alten Eulenböck, der mit seinem braunroten Gesicht wunderlich aus einer hellgrünen Weste und weißlichem Frack herausschien, da er es, wie viele ausgemacht häßliche Menschen, liebte, sich in auffallende Farben zu kleiden. Die jungen Leute konnten kaum das Lachen unterdrücken, als sie ihn sich linkisch hereindrehen, grimassierend grüßen und mit falscher Artigkeit stolpern sahen, wobei sich sein schiefes Gesicht, die kleinen grellen Augen und die seitwärts gedrehte Nase noch wunderlicher ausnahmen. Der Fremde ließ lange auf sich warten, und Sophie spöttelte wieder über die Anmaßung, den vornehmen Mann zu spielen, bis er endlich, schlicht gekleidet, erschien und es der Gesellschaft möglich machte, sich in das Speisezimmer zu begeben, in welchem sie Erich schon fanden, der dort ein Gemälde befestigt hatte, welches der Fremde und die Maler in Augenschein nehmen sollten.

Sophie saß zwischen Erich und dem Unbekannten, obgleich Dietrich einen vergeblichen Versuch gemacht hatte, sich an ihre Seite einzuschieben. Eulenböck, der alles bemerkte, und der am liebsten seine Bosheit in das Gewand der Gutmütigkeit hüllte, drückte dem jungen Menschen die Hand und dankte ihm wie gerührt, daß er so lange herum gekreuzt sei, um nur neben einem alten Manne zu sitzen, der zwar auch die Kunst liebe und ausübe, indessen freilich mit seinen abnehmenden Kräften dem Fluge der neuern Schule nicht mehr nachstreben könne, an deren Enthusiasmus er aber doch sein altes Feuer wieder anzünde und seine schon kalten Lebensgeister erwärme. Dietrich, der noch jung genug war, um alles dies für Ernst zu halten, wußte nicht Dankbarkeit genug auszudrücken, noch hinlängliche Bescheidenheit aufzutreiben, um diese Demut aufzuwägen. Der alte Schelm freute sich, daß ihm seine Verstellung gelang, und machte den gutmütigen Jüngling immer treuherziger, der in diesem alten Knaben schon einen Schüler von sich zu sehen wähnte und dabei im stillen berechnete, wie er dessen praktische Kenntnisse zu höhern Zwecken brauchen wolle, ohne daß der Alte

merken müsse, wie der neue Lehrer wieder zugleich sein Schüler
sei.

Indessen diese beiden sich so zu täuschen suchten, war das Gespräch des Fremden und des Wirtes, zum Teil zufällig und von der
andern Seite klug gelenkt, auf die Ehe gefallen; denn der alte
Walther ließ nicht leicht eine Gelegenheit vorübergehen, seine Gedanken über diesen Gegenstand auszusprechen. »Ich habe niemals«, sagte er, »mit den Ansichten übereinstimmen können, die
nun etwa seit fünfzig Jahren zur allgemeinen Mode geworden sind.
Ich nenne sie Mode, weil ich mich nie, obgleich ich auch jung gewesen bin, habe überzeugen können, daß sie in der Natur gegründet
sind. Kann man leugnen, daß einzelne Menschen zu gewissen Zeiten leidenschaftlichen Stimmungen und Verirrungen ausgesetzt
gewesen? Nur zu häufig haben wir die bösen Folgen des Zornes,
der Trunkenheit, der Eifersucht und Wut wahrnehmen müssen.
Ebenso ist auch nicht zu leugnen, daß vielfaches Unheil und seltsa-
me Begebenheiten aus jenen gesteigerten Empfindungen, die man
Liebe nennt, hervorgegangen sind. Es ist nur die Rede von jener
Verkehrtheit, daß der Mensch zwar alle andere Verwirrungen ver-
meidet und sich der Überraschung der Leidenschaften zu entwöh-
nen suchte, alle aber sich seit einer gewissen Zeit damit brüsten, ja
es für notwendig zum Leben halten, die Liebe und ihre wilden Zustände und leidenschaftlichen Verwirrungen erlebt zu haben.«

Der Unbekannte sah den Wirt ernsthaft an und nickte ihm zu,
worauf der Alte mit erhöhter Stimme fortfuhr:

»Möchte man am Ende auch einer gewissen Billigkeit nachgeben
und diese Zustände der sogenannten Liebenden, in denen, wie sie
uns erzählen, die ganze Welt ihnen im schönern Lichte erscheint,
und in welchen sie sich aller ihrer Seelenkräfte erhöht und vielfa-
cher bewußt werden (obgleich sie in jenem Schlummerwachen in
der Regel träge und zu keiner Arbeit zu bringen sind), natürlich
finden: was thut, frag' ich nun, alles dies, auch noch so glücklich
sich wendend, um eine vernünftige und gute Ehe zu schließen? Ich
würde nie meine Einwilligung geben, wenn ich das Unglück hätte,
an meiner Tochter einmal diese Verstandesverwirrung zu bemerken.«

Sophie lächelte; der junge Dietrich sah sie errötend an, und Eulenböck trank mit großem Wohlbehagen, indes der Fremde den Alten mit Ernst anhörte, der, seiner Sache gewiß, um so eifriger fortfuhr: »Nein, wohl dem Manne, der, mit dieser verkehrenden Leidenschaft völlig unbekannt, den vernünftigen Entschluß faßt, sich in den Stand der Ehe zu begeben, und Heil dem Mädchen, das züchtig den Gemahl findet, ohne jene Szenen des Wahnsinns je mit ihm gespielt zu haben, denn alsdann findet sich jene Zufriedenheit, jene Ruhe und jener Segen, der unsern Vorfahren nicht unbekannt war, und den die heutige Welt nicht mehr achten will. In diesen Ehen, welche nach vernünftiger Überlegung, in Demut und stiller Ergebenheit geschlossen wurden, fanden die Menschen damals im wachsenden Vertrauen, in zunehmender Zärtlichkeit und im gegenseitigen Ertragen der Schwächen ein Glück, welches dem jetzigen hochfahrenden Geschlechte zu geringe erscheint, und das auch darum nur Elend und Not, Unzufriedenheit und Mißverständnis, Zwietracht und Verachtung im Garten seines Lebens baut. Früh schon an den Rausch der Leidenschaft gewöhnt, suchen sie auch diesen in der Ehe und verachten die Notwendigkeit des alltäglichen Lebens, erneuern dann rechts und links in mannigfaltigen und immer geringeren Abwechselungen die Kunststücke ihres Liebeshandwerks und gehen so in Schlechtigkeit und Selbstbetrug unter.«

»Sehr bitter, aber wahr«, sagte der Unbekannte mit nachdenklicher Miene.

»Es ist wie mit allen Bitterkeiten«, flüsterte Sophie ihrem Nachbar zu, »sie fallen zu schwer auf die Zunge; man kann nicht recht unterscheiden, ob es schmeckt oder nur allen Geschmack betäubt; dergleichen ist natürlich für den wahr, der Liebhaber davon ist.«

Eulenböck, der diesen Ausspruch auch gehört hatte, lachte, und der Vater, der die Sache nur halb verstanden, wandte sich mit Heiterkeit zu seinem fremden Gaste: »Wir sind also darüber einig, daß nur die sogenannten Konventionsheiraten glücklich sein können; ich werde auch niemals Anstand nehmen, meine einzige und nicht unbegabte oder arme Tochter einem Manne zu geben, sei er, von welchem Stande er wolle, dessen Charakter mir wert ist, und dessen Kenntnisse ich, vorzüglich in der Kunst, achten muß, damit auch meine Enkel noch die Früchte meines Fleißes ernten und nicht in alle Winde und in die Häuser der Unwissenden das verstreut werde, was Liebe, Aufopferung, Studium und unermüdeter Fleiß in dieser Wohnung versammelt haben.«

Er sah den Fremden mit gefälligem Lächeln an; doch dieser, der bis jetzt ihm freundlich erwidert hatte, machte eine fast finstere Miene und fugte nach einer kleinen Pause: »Die Sammlungen von Privatpersonen können niemals lange bestehen; wer die Kunst liebt, sollte, falls er gesammelt hat, seine Schätze um ein Billiges Fürsten verkaufen oder sie größern Galerien durch Testament einverleiben. Darum kann ich auch den Plan mit Ihrer Tochter nicht billigen, wenn ich auch mit Ihren Ansichten von der Ehe einverstanden bin. Und überhaupt ist es in Ansehung jeder Heirat eine mißliche Sache. Wenn ich nicht versprochen wäre und tausend dringende Ursachen mich zwängen, mein Wort nicht zu brechen, so würde ich meiner Neigung nach immer unverheiratet bleiben.«

Der Alte wurde rot und sah vor sich nieder, dann fing er mit seinem Nachbar, nicht ohne Verlegenheit, ein anderes Gespräch an. »Die neuliche Auktion der Kupferstiche«, sagte der Gemäldehändler, »ist bei weitem nicht so ergiebig ausgefallen, als es der Eigentümer sich versprochen hatte.«   »Das ist häufig mit Auktionen der Fall«, warf die Tochter mit schnippischem Tone dazwischen; »darum sollte sich kein Mensch damit einlassen, den nicht die äußerste Not dazu treibt.«

Dietrich war noch zu unerfahren, um den Zusammenhang dieser Gespräche einzusehen; er redete treuherzig und eifrig über die Barbarei der Auktionen, in denen oft die kostbarsten Seltenheiten übersehen, viele Kunstwerke durch die Gaffer und Handlanger beschädigt und der Ruhm großer Meister sowie das Gefühl echter Bewunderer schmerzlich verletzt würden. Dadurch gewann er die gute Meinung des Vaters, der die getrübte Miene erheiterte und ihm mit Freundlichkeit recht gab. Sophie, welche fürchten mochte, daß ein neuer Antrag im verdeckten Wege des Kunstenthusiasmus vorgeschoben werden sollte, fragte schnell den jungen Maler, ob er mit seinem Marienbilde bald fertig sei, oder ob er vorher die Abnahme vom Kreuz vollenden wolle.

»Sie malen also auch dergleichen rührende Gegenstände?« fragte der Unbekannte, indem er mit einem fast schielenden Blicke zum jungen Manne herüberblinzelte. »Mich wundert es immer von neuem, daß Menschen in ihren besten und heitersten Jahren mit dergleichen Gegenständen ihre Zeit und Imagination verderben können. Der heiligen Familien haben wir wohl, dächte ich, in der Kunst genug; da ist nichts Neues anzubringen und zu erfinden, und jene Leichname und Verzerrungen des Schmerzes widerstreben so völlig allem Reiz und dem Genuß der Sinne, daß ich mein Auge immer davon abwenden muß. Die Kunst soll unser Leben erhöhen und erheitern, alle Dürftigkeiten desselben und aller Jammer der Welt soll uns in ihrer Nähe verschwinden; nicht aber darf unsre Phantasie durch ihre Hervorbringungen geängstigt und gefoltert werden. Im heitern, frischen Licht soll die Sinnenwelt spielen und in freundlichem Reiz uns schmeicheln und auf diese Weise erheben, Schönheit ist Freude, Leben, Kraft. Der hat sie noch wenig verstanden, der Nacht und düstre Gefühle sucht. Oder gehören Sie auch etwa zu denen, die sich vor dergleichen Bildern mit erzwungener Gläubigkeit entzücken und verlangen, daß in uns eine Art von Andacht sich entzünden soll, um den Gegenstand zu verstehen und christlich zu würdigen?«

»Und wäre denn das«, rief Dietrich mit einer gewissen Eile und Heftigkeit, »etwas so Unerhörtes oder nur Besonderes? Im Schönen, wenn es erscheint, wird der Reiz der Sinnenwelt zum Göttlichen erhöht, und so wird die stumme Ehrfurcht, die hülflose Rührung unbegeisterter Gemüter durch die Kunst zur himmlischen Andacht erhoben. Es ist, wenn auch verzeihlich, doch abgeschmackt, wenn bloß des frommen Gegenstandes wegen ein elendes Bild den gläubigen Beschauer entzückt, aber es ist mir völlig unbegreiflich, wenn sich ein fühlendes Herz vor der Sixtinischen Maria zu Dresden des Glaubens und der Andacht erwehren kann. Ich weiß es wohl, daß die neuen Bestrebungen jüngerer Künstler, zu denen ich mich auch bekennen muß, bei vielen trefflichen Leuten großes Ärgernis erregt haben, aber man sollte sich doch endlich ohne Leidenschaft überzeugen, daß das alte, ganz ausgefahrene Geleise kein Weg mehr ist. Was haben diejenigen, die diese neue Lehre zuerst wieder aufbrachten, denn anders gewollt, als das Gemüt wieder erwecken, welches seit langer Zeit bei allen Kunstproduktionen als ganz überflüssig angesehen worden war? Und hat denn diese neue Schule nicht schon vieles Achtungswürdige hervorgebracht? Ein Geist offenbart sich, das ist nicht abzuleugnen, der sich kräftigen wird und ausbilden, ein neuer Weg ist gefunden, auf welchem freilich, wie bei jeder Begeisterung, mancher Unberufene auch das übertriebene, Widerwärtige und ganz Tadelswürdige hervorbringen wird. Ist denn aber das Schlechte dieser Zeit wirklich schlechter, als was weiland ein gefeierter Casanova[17] erschuf, oder das Leere leerer als jenes kalte Abschreiben der mißverstandenen Antike, das jene ganze frühere Zeit als einen großen Lückenbüßer in der Kunstgeschichte darstellt? Waren denn nicht bizarre Manieristen auch damals die tröstenden Erscheinungen? Und hat denn der Hülfverein für die Kunst, von verehrten Männern gestiftet, etwas Tüchtiges hervorbringen können?«

»Junger Mann«, sagte der Unbekannte mit der schneidendsten Kälte, »ich müßte zehn Jahre jünger oder Sie einige älter sein, wenn ich über so wichtigen Gegenstand mit Ihnen streiten sollte. Dieser neue phantastische Traum hat sich der Zeit bemächtigt, das ist freilich nicht zu leugnen, und muß nun bis zum Erwachen fortgeschlummert werden. Waren jene, die Sie tadeln wollen, zu nüchtern, so sind dafür die jetzt Gepriesenen in einem kränklichen Rausch befangen, indem ihnen ein wenig schwaches Getränk zu Kopfe gestiegen ist.«

»Sie wollten nicht streiten«, rief der junge Maler, »und thun mehr, Sie sind bitter. In der Leidenschaft ist man wenigstens keines freien Urteils fähig. Ob die Partei, für die Sie mit solchen Waffen kämpfen, dadurch gewinnen kann, muß die Zukunft entscheiden.«

Sophie sah den Jüngling ermutigend mit einem schadenfrohen Blicke an, Walther war schon besorgt; doch nahm der Bilderhändler Erich das Gespräch beruhigend auf und sagte: »Sobald sich ein heftiger Widerstreit in der Zeit regt, so ist es ein Zeichen, daß etwas Wirkliches in der Mitte liegt, das den Streit wohl verdient, und welches der Mitlebende nicht ganz ignorieren darf, wenn er nicht unbillig sein will. Seit lange war die Kunst aus dem Leben getreten und nur ein Artikel des Luxus geworden; darüber vergaß man, daß sie jemals mit Kirche und Welt, mit Andacht und Begeisterung zusammengehangen hatte, und kalte Kennerschaft, Vorliebe für das

---

¹⁷ Giovanni Casanova(1722 95), Schüler von Raphael Mengs, Vertreter des akademischen Klassizismus, Direktor der Dresdener Malerakademie

Kleine und gemeine Natürlichkeit sowie ein erkünstelter Enthusiasmus mußten sie erzeugen. Weiß ich doch die Zeit noch, wo man in den Galerien die schönsten Werke eines Leonardo[18] nur als merkwürdige und sonderbare Altertümer vorwies, selbst Raffael wurde nur mit einschränkender Kritik bewundert, und über noch ältere große Meister zuckte man die Achseln und betrachtete die Malereien der früheren Deutschen oder Niederländer niemals ohne Lachen. Diese Barbarei der Unwissenheit ist doch jetzt vorüber.«

»Wenn nur keine neue und schlimmere darüber entstände!« rief Eulenböck, vom Weine hochrot erglühend, indem er dem Unbekannten einen feurigen Blick zuwarf. »Mir thut es immer weh, daß in unsern Tagen das Wort des echten Kenners fast nie mehr gehört wird; der Enthusiasmus übertönt die Einsicht, und doch ist für den Künstler nichts so lehrreich als ein Gespräch mit einem echten Kunstfreunde, das ihn belehre und erhebe, da es ihm oft in Jahren nicht so gut wird, dergleichen zu genießen.«

Der Fremde, welcher schon verstimmt und heftig zu werden schien, ward nach diesen Worten wieder heiter und freundlich. »Künstler und Freunde der Kunst«, erwiderte er, »sollten sich immer aufsuchen, um beständig voneinander zu lernen. So war es in voriger Zeit, und auch dies war eine der Ursachen, daß die Malerei gedieh. Die Phantasie eines jeden Schaffenden ist beschränkt und ermattet, wenn sie nicht von außen aufgefrischt und bereichert wird, und dies kann nur durch verständige, freundliche Mitteilungen geschehen; ohne zu erwähnen, was Korrektheit, Anmut der Behandlung und Auswahl der Gegenstände gewinnen.« »Sie haben sich«, antwortete der alte Maler, »einen Künstler vorzüglich ausersehen, den ich auch gewissermaßen mehr als alle liebe.«

»Ich gestehe«, sagte der Fremde, »daß ich ihm mein Herz vielleicht etwas zu ausschließlich zugewendet habe. Es war mir früh vergönnt, einige ausgezeichnete Werke des Julio Romano kennen zu lernen und zu verstehen; in Mantua fand ich auf meinen Reisen Gelegenheit, ihn zu studieren, und seitdem glaube ich, meine Vorliebe auch rechtfertigen zu können.«

---

[18] Leonardo da Vinci (1452-1519), Maler, Bildhauer, Kunstschriftsteller, Physiker, Baumeister, Ingenieur, Musiker und Dichter

»Gewiß«, erwiderte der Alte, »wird Ihr Aufenthalt dort zu den schönsten Epochen Ihres Lebens gehören. Habe ich doch zu meinem innerlichen Verdruß in neueren Zeiten auch manchen Tadel dieses großen Geistes hören müssen, vorzüglich, daß er die geistlichen Gegenstände nicht mit der gehörigen Innigkeit behandle. Einem jeden ist nicht *alles* gegeben. Aber die Verklärung des frischen sinnlichen Lebens, die Herrlichkeit des freien Mutwillens, das Spiel der lebendigsten Phantasie waren ihm vorbehalten. Und ist dem jungen Wallfahrer sein Herz noch für den Reichtum dieses glänzenden Geistes verschlossen, so wandre er nur nach Mantua, um dort in dem Palast *T* kennen zu lernen, was Eid' und Himmel, möcht' ich fast sagen, Herrliches in sich fassen; wie in den Schrecken des Riesensturzes noch Lust und Scherz gaukeln, und in dem Saale des Amor und Psyche in der Trunkenheit des Entzückens die himmlische Erscheinung der vollendeten Schönheit sich verklärt.«[19]

Der junge Dietrich sah seinen abtrünnigen Anhänger schon seit lange mit großen Augen an; er konnte diesen Abfall nicht begreifen und nahm sich vor, mit dem Alten in einer vertrauten Stunde darüber zu sprechen; denn wenn er auch die Bewunderung des Julius gelten ließ, so schien ihm doch die erste Hälfte des Gesprächs geradezu im Widerspruch mit der früheren Äußerung Eulenböcks zu stehen, der sich aber um dergleichen Nebendinge nicht kümmerte, sondern sich mit dem fremden Kunstfreunde in so lebhaften Enthusiasmus hineinschwatzte, daß beide auf lange Zeit weder die übrigen hörten, noch sie zu Worte kommen ließen.

Erich wollte eine Ähnlichkeit des Fremden mit einem Verwandten Walthers bemerken; darüber kam man in das Kapitel der Ähnlichkeiten, und wie sonderbar sich in den Familien, oft in der feinsten Verzweigung am deutlichsten, gewisse Formen wiederholen. »Sonderbar ist es auch«, sagte der Wirt, »daß die Natur oft ganz wie die Kunst verfahrt. Wenn ein Niederländer und ein Italiener aus der vorigen Zeit ein und dasselbe Bildnis malen sollten, so würden beide die Ähnlichkeit auffassen, aber jeder ein ganz verschiedenes

---

[19] Auf seiner italienischen Reise hatte Tieck 1805 in Mantuadie berühmten, den Gigantensturz und die Geschichte von Amor und Psyche darstellenden Fresken des Giulio Romano im Palazzo del Te (so genannt, weil sein erster Grundriß die Gestalt eines T zeigte) gesehen und ihnen eins seiner Reisegedichte gewidmet.

Porträt und eine ganz andere Ähnlichkeit hervorbringen. So kannte ich in meiner Jugend eine Familie, die aus vielen Kindern bestand, an denen allen die Physiognomie der Eltern und nur eine Hauptform, aber unter verschiedenen Bedingungen ausgeprägt war, so klar und sicher, als wenn die Kinder Bildnisse von demselben Gegenstande, von verschiedenen großen Malern gezeichnet, wären. Die älteste Tochter war wie von Correggio[20] gemalt, mit feinem Teint und zierlicher Form; die zweite war dasselbe Gesicht, aber größer, voller, wie aus der florentinischen Schule;[21] die dritte hatte das Ansehen, als habe Rubens das nämliche Porträt auf seine Art gemalt; die vierte wie ein Bild von Dürer;[22] die nächste wie aus der französischen Schule,[23] glänzend, voll, aber unbestimmt, und die jüngste wie ein flüssig gemaltes Werk von Leonard.[24] Es war eine Freude, diese Gesichter unter sich zu vergleichen, die mit denselben Formen, in Ausdruck, Farbe und Lineamenten wieder so verschieden waren.«

»Erinnern Sie sich des wunderbaren Porträts«, fragte Erich, »welches Ihr alter Freund in seiner Sammlung besaß, und welches sich mit so vielen andern Sachen auf eine unerklärliche Weise verloren hat?«

»Jawohl!« rief der alte Walther aus, »wenn es nicht von Raffaels Händen war, wie einige behaupten wollen, so war es wenigstens von einem vorzüglichen Meister, der nach diesem Muster die Kunst mit Glück studiert hatte. Wenn einige Neuere von der Kunst des Porträtierens als von einer geringen Sache sprechen wollten, oder die gar den Maler erniedrige, so durfte man sie nur vor dieses wunderwürdige Bildnis führen, um sie zu beschämen.«

»Wie sagen Sie?« so wandte sich der Fremde lebhaft zum alten Rat, »es sind außer diesem trefflichen Stück noch andere merkwürdige Gemälde verloren gegangen? Auf welche Weise?«

---

[20] Antonio Allegri, nach seinem Geburtsort Correggio genannt (1494 bis 1534), Tiecks erklärter Liebling.

[21] Gruppe höchst ausgezeichneter vorraffaelscher Maler Italiens (15. Jahrhundert), darunter Masaccio, Fra Filippo Lippi, Boticelli, Domenico Ghirlandajo u. a.

[22] Albrecht Dürer (1471-1528).

[23] Nicolas Poussin (1594-1665) und seine Schüler.

[24] Es kann nur Leonardo da Vinci gemeint sein.

»Ob verloren«, sagte Walther, »kann man so eigentlich nicht sagen; aber sie sind unsichtbar geworden und vielleicht ins ferne Ausland verkauft. Mein Freund, der Herr von Essen, der Vater des jungen Menschen, den Sie neulich in meinem Saale trafen, wurde mit zunehmendem Alter launenhaft und wunderlich. Die Liebe zur Kunst hatte uns befreundet, und ich kann sagen, daß ich sein ganzes Vertrauen besaß. Wir ergötzten uns an unsern Sammlungen, und die seinige übertraf damals bei weitem die meinige, die ich erst durch die Nachlässigkeit seines Sohnes so ansehnlich habe vermehren können. Wenn wir uns einmal ein rechtes Fest geben wollten, so setzten wir uns in sein Kabinett, in welchem die ausgesuchtesten seiner Werke versammelt waren. Diese hatte er mit vorzüglich prächtigen Rahmen einfassen lassen und sie sinnreich bei einer sehr vorteilhaften Erleuchtung geordnet. Außer jenem Porträt sah man dort eine so unvergleichliche Landschaft von Nicolas Poussin, wie mir noch nie eine vorgekommen ist. Im sanften Abendlicht fuhr Christus mit seinen Jüngern auf dem Wasser. Die Lieblichkeit des Widerscheins der Häuser und Bäume, die klare Luft, die Durchsichtigkeit der Wellen, der edle Charakter des Erlösers und die himmlische Ruhe, die über dem Ganzen schwebte und unser Gemüt wie in Wehmut und friedlicher Sehnsucht auflöste, ist nicht zu beschreiben. Daneben hing ein Christus mit der Dornenkrone von Guido Reni,[25] von einem Ausdrucke, wie ich ihn seitdem auch nicht wieder gesehen habe. Der alte Freund wollte sonst in seinem Eigensinne den trefflichen Guido vielleicht zu wenig gelten lassen; aber vor diesem Bilde war er immer entzückt, und es ist wahr, man sah es, so oft man es sah, jedesmal von neuem; die vertraute Bekanntschaft mit ihm erhöhte nur den Genuß und ließ immer neue, noch geistigere Schönheiten entdecken. Dieser Ausdruck der Milde, des ergebenen Duldens, der himmlischen Güte und des Verzeihens mußte auch das starrste Herz durchdringen. Es war nicht jene gesteigerte Leidenschaftlichkeit, wie man wohl in andern ähnlichen Bildern des Guido wahrnimmt, und die uns bei trefflicher Behandlung des Gegenstandes doch eher zurückstößt als anzieht, sondern es war das süßeste, wie das schmerzlichste Gemälde. Durch die zarten Fleischpartien unter Wange, Kinn und Auge sah und fühlte man den ganzen Schädel, und dieser Ausdruck des Leidens erhöhte nur die

---

[25] Guido Reni (1572-1642), Schüler des Caracci zu Bologna.

Schönheit. Gegenüber war eine Lucretia von demselben Meister, die sich mit starkem vollen Arm den Dolch in den schönen Busen stieß. In diesem Bilde war der Ausdruck groß und kräftig, die Farbe unvergleichlich. Eine Mutter, die dem schlafenden Kinde das Tuch vom nackten Körper nimmt, und Joseph und Johannes, den Schläfer betrachtend, die Figuren lebensgroß, waren von einem alten römischen Meister so herrlich und graziös dargestellt, daß jede Beschreibung nur unzulänglich ist. Aber wohl möchte ich Worte suchen, um auch nur eine schwache Vorstellung von dem einzigen van Eyck[26] zu geben, einer Verkündigung, welche doch vielleicht die Krone der Sammlung war. Hat sich die Farbe je als eine Tochter des Himmels verherrlicht, ist mit Licht und Schatten jemals gespielt und im Spiel die edelste Rührung der Seele erweckt worden, haben Lust, Begeisterung, Poesie und Wahrheit und Adel sich je in Figuren und Färbung auf eine Tafel gelegt, so war es in diesem Bilde geschehen, welches mehr als Malerei und Zauber war. Ich muß abbrechen, um mich nicht selbst zu vergessen. Diese Bilder waren die vorzüglichsten; aber ein Hemling,[27] ein herrlicher Annibal Caracci,[28] ein kleines Bild, Christus zwischen den Kriegsknechten, eine Venus, vielleicht von Titian,[29] wären wohl noch der Erwähnung wert, und kein Bild war in diesem Kabinett, das nicht jeden Freund der Kunst beglückt hätte. Und, denken Sie, fassen Sie die Sonderbarkeit des Alten, kurz vor seinem Tode sind alle diese Stücke verschwunden, ohne Spur verschwunden. Hat er sie verkauft? Er hat nie diese Frage beantwortet, und seine Bücher hätten es nach seinem Tode ausweisen müssen, die aber nichts davon sagten. Hat er sie verschenkt? Aber wem? Man muß fürchten, und der Gedanke ist herzzerreißend, er hat sie in einer Art von wahnsinniger Schwermut, weil er sie wohl keinem andern Menschen auf Erden gönnen mochte, kurz vor seinem Tode vernichtet. Vernichtet! Fassen Sie es, begreift ein

---

[26] Es gibt zwei große Maler dieses Namens: Hubert (1366-1426), den Gründer der altniederländischen Schule, und Jan van Eyck (1396-1441), seinen jüngern Bruder und Schüler.

[27] Hans Memling (früher fälschlich meist Hemling genannt; ca. 1440-91), bedeutender Meister der altflandrischen Schule.

[28] Annibal Carracci (1560-1609), berühmter Historienmaler.

[29] Tiziano Vecellio da Cadore (1487-1576), Hauptmeister Venedigs.

Mensch diese furchtbare Abwesenheit, wenn mein Verdacht gegründet ist?«

Der Alte war so erschüttert, daß er seine Thränen nicht zurückhalten konnte, und Eulenböck zog ein ungeheures gelbseidenes Tuch aus der Tasche, um in auffallender Rührung sein dunkelrotes Gesicht abzutrocknen. »Erinnern Sie sich wohl noch«, hub er schluchzend an, »des sonderbaren Bildes von Quintin Messys,[30] auf dem ein junger Schäfer und ein Mädchen in seltsamer Tracht abgebildet waren, beide herrlich ausgearbeitet, und wovon er behauptete, die Figuren sähen seinem Sohne und Ihrer Tochter ähnlich?«

»Die Ähnlichkeit war damals auffallend«, erwiderte Erich. »Sie haben aber noch den Johannes zu nennen vergessen, der wenigstens mit dem Guido wetteifern konnte. Dies Bild war vielleicht von Domenichino,[31] wenigstens war es jenem berühmten äußerst ähnlich. Dieser Blick des Jünglings nach dem Himmel, die Begeisterung, die Sehnsucht, zugleich die Wehmut, daß er schon das Göttliche auf Erden gesehen, als Freund umarmt und als Lehrer verstanden hatte, dieser Widerschein einer entschwundenen Vergangenheit im Spiegel des edeln Antlitzes war rührend und erhebend. O, wenige von diesen Bildern könnten den jungen Mann retten und wieder wohlhabend machen.«

»Wäre doch alles an ihm verloren«, rief Eulenböck aus. »Er würde es doch nur wieder vergeuden. Was habe ich nicht an ihm ermahnt! Aber er hört auf den ältern Freund und die Stimme der Erfahrung nicht. Nun endlich, da ihm das Wasser doch wohl mag an die Seele gehen, ist er in sich geschlagen; er sah, daß ich über sein Unglück bis zu Thränen gerührt war, da hat er mir in meine Hand versprochen, sich von Stunde an zu bessern, zu arbeiten und ein ordentlicher Mensch zu werden. Wie ich ihn hierauf gerührt umarme, reißt er sich lachend los und ruft: ›Aber erst vom heiligen Dreikönigs-Abend an soll dieser Vorsatz gelten, bis dahin will ich noch lustig sein und in der alten Bahn fortlaufen!‹ Was ich auch sagen mochte, alles war umsonst; er drohte, wenn ich ihm nicht seinen Willen ließe, die ganze Besserung wieder aufzugeben. Ei nun, das Fest ist

---

[30] Eigentlich Matsys (1460-1530), niederländischer Historienmaler.

[31] Eigentlich Domenico Zampieri (1581-1641), einer der bedeutendsten Schüler der Carracci, Historienmaler.

in einigen Tagen, die Frist ist nur kurz; Sie können aber wenigstens daraus sehen, wie wenig auf seine guten Vorsätze zu bauen ist.«

»Von jeher«, sagte Sophie, »ist er zu sehr mit frommen Leuten umgeben gewesen; aus Widerspruch hat er sich auf die andere Seite gewandt, und so hat freilich sein Eigensinn verhindert, daß der Umgang mit den Tugendhaften ihm hat nützlich werden können.«

»Sie haben gewissermaßen recht«, rief der alte Maler. »Hat er sich nicht von dem Pietisten, dem langweiligen alten Musikdirektor Henne, seit einiger Zeit wie belagern lassen? Aber ich versichere Sie, dessen trockne Predigten können unmöglich an ihm haften; auch wird der Alte beim dritten Glase betrunken, und so kommt er aus dem Text.«

»Er hat es zu arg getrieben«, bemerkte der Wirt; »dergleichen Menschen, wenn Unordnung und Verschwendung erst ihre Lebensweise geworden sind, können sich niemals wieder zurechtfinden. Das rechtliche, wahre Leben erscheint ihnen gering und bedeutungslos; sie sind verloren.«

»Sehr wahr«, sagte Eulenböck, »und um Ihnen nur ein auffallendes Beispiel seiner Raserei zu geben, so hören Sie, wie er es mit seiner Bibliothek anfing. Er erbte eine unvergleichliche Büchersammlung von seinem würdigen Vater; die herrlichsten Ausgaben der Klassiker, die grüßten Seltenheiten der italienischen Litteratur, die ersten Ausgaben des Dante und Petrarca,[32] nach denen man auch wohl in berühmten Städten umsonst fragt. Nun fällt es ihm ein, er müsse einen Sekretär haben, der zugleich diese Bibliothek in Ordnung halten solle, die neu angekauften Werke in das Verzeichnis eintragen, die Werke systematisch aufstellen und dergleichen mehr. Ein junger wüster Mensch meldet sich zu diesem wichtigen Amte und wird auch gleich angenommen, weil er zu schwatzen weiß. Zu schreiben ist nicht viel, aber trinken muß er lernen, und der Unterricht schlägt bei dem lockern Vogel an. Das wilde Leben nimmt gleich seinen Anfang; alle Tage toll und voll, Bälle, Maskeraden, Schlittenfahrten, die halbe Stadt freigehalten. So fehlt es denn

---

[32] Dante Alighieri (1265-1321); die eisten Drucke der »Göttlichen Komödie« sind vom Jahre 1472. Francesco Petrarca (1304-74); seine Sonette, Kanzonen und Triumphe zuerst gedruckt 1470.

nun schon nach einem halben Jahre, als der junge Gelehrte sich seinen Gehalt ausbittet, an barem Gelde. Man fällt auf den Ausweg, daß er für den Gehalt des ersten Jahres an Büchern nach einer billigen Taxe nehmen dürfe. Herr und Diener kennen aber den Wert der Sachen nicht, die auch nur für den Kenner kostbar sind, und deren finden sich nicht auf allen Gassen. Die teuersten Werke werden ihm also lächerlich wohlfeil überlassen, und da man die Auskunft einmal gefunden hat, so wiederholt sich das Spiel immer wieder und um so öfter, da der neue Günstling zuweilen Gelegenheit hat, für seinen Patron bare Auslagen zu machen, die ihm in Büchern wiedererstattet werden. So fürchte ich, sind von der Büchersammlung vielleicht nur noch die Schränke übriggeblieben.«

»Ich weiß am besten«, sagte der Rat, »wie unverantwortlich man mit den Büchern umgegangen ist.«

»Das sind ja alles erschreckliche Geschichten«, sagte Sophie; »wer möchte sie nur von seinem Feinde so wiedererzählen?«

»Das Schlimmste aber«, fuhr Eulenböck fort, »war denn doch seine Leidenschaft für die berüchtigte schöne Betty; denn diese that das im großen, was alle seine übrigen Thorheiten an seinem Wohlstand nur im kleinen vernichten konnten. Sie hat auch seinen Charakter zu Grunde gerichtet, der sich ursprünglich zum Guten neigte. Er ist gutherzig, aber schwach, so daß jeder, welcher sich seiner bemächtigt, aus ihm machen kann, was er will. Meine gutgemeinten Worte verschollen nur in den Wind. Bis in die tiefe Mitternacht hinein habe ich zuweilen auf die eindringlichste Art gesprochen, aber es war nur schade um alle meine Ermahnungen. Sie hatte ihn so in Stricken, daß er selbst seine redlichsten und ältesten Freunde um ihrerwillen mißhandeln konnte.«

Indem erhob man sich von der Tafel, und während der gegenseitigen Begrüßungen nahm Sophie die Gelegenheit wahr, indem sie dem alten Maler die Hand reichte, der sie ihr zierlich küßte, ihm deutlich zuzuflüstern: »O Sie abscheulichster von allen abscheulichen Sündern, Sie undankbarer Heuchler! Wie kann es Ihr verkehrtes Herz über sich gewinnen, den öffentlich zu lästern, von dessen Wohlthaten Sie sich bereichert haben, dessen Leichtsinn Sie benutzen, um ihn mit andern Gehülfen elend zu machen? Bisher habe ich Sie nur für abgeschmackt, aber gutmütig gehalten; ich sehe aber, daß Sie nicht ohne Ursache eine wahre Teufels-Physiognomie tragen! Ich verabscheue Sie!« Sie stieß ihn mit Bewegung zurück und eilte dann aus dem Zimmer.

Die Gesellschaft ging in den Bildersaal, wo der Kaffee herumgereicht wurde. »Was war denn meiner Tochter?« fragte der Rat den Maler; »sie schien so eilig und hatte Thränen im Auge.«

»Ein gutes, liebes Kind«, schmunzelte Eulenböck. »Sie sind recht glücklich, Herr Geheimer Rat, bei diesem empfindsamen Herzen Ihrer Tochter. Sie war so liebevoll um meine Gesundheit besorgt; sie findet meine Augen entzündet und meinte gar, ich könnte erblinden: darüber ist sie denn so gerührt worden.«

»Ein treffliches Kind!« rief der Vater aus; »wenn ich sie nur erst gut versorgt sähe, daß ich in Frieden sterben könnte.« Der Fremde war noch zurückgeblieben, um das neue Gemälde in Augenschein zu nehmen, welches Erich ihm im Speisezimmer zeigte; jetzt kam er mit diesem zur Gesellschaft, und Dietrich folgte. Sie waren alle im lebhaften Gespräch begriffen; der Fremde tadelte den Gegenstand, welchen Dietrich verteidigen wollte, »Wenn Tenier[33] und ähnliche Niederländer«, sagte der letztere, »die Versuchung des heiligen Antonius komisch und fratzenhaft dargestellt haben, so ist diese Laune ihrer Stimmung zu vergeben sowie ihrem Talent nachzusehen, da sie das Würdige nicht zu erschaffen wußten. Der Gegenstand aber fordert eine ernste Behandlung, und dem alten deutschen Meister dort ist sie ohne Zweifel gelungen; wenn der Beschauer nur unparteiisch sein kann, so wird er sich von seinem Bilde angezogen und befriedigt fühlen.«

»Dieser Gegenstand«, nahm der Fremde das Wort, »ist keiner für die bildende Kunst. Die ängstigenden Traume eines wahnsinnigen Alten, die Gespenster, die er in seiner Einsamkeit sieht, und die ihn durch falschen Reiz oder Entsetzen von seiner melancholischen Beschaulichkeit abziehen wollen, können nur in das Gebiet fratzenhafter Phantome fallen und auch nur phantastisch dargestellt werden, wenn es überhaupt erlaubt sein soll. Dagegen dort die weibli-

---

[33] David Teniers »der Vater« (1582-1649) oder dessen noch berühmterer gleichnamiger »Sohn« (1610-90); von beiden sind »Versuchungen des heiligen Antonius« in der Dresdener Galerie.

che Gestalt, welche sich edel zeigen will und zugleich reizend, eine enthüllte Schönheit in der Fülle der Jugend, und die doch nur ein verkleidetes Gespenst ist; die wilden Gestalten umher, die durch den grellen Kontrast sie noch mehr hervorheben, das Entsetzen des Alten, der sich im Vertrauen wieder zu finden sucht, diese Vermischung der widersprechendsten Gefühle ist durchaus widersinnig, und schade um Talent und Kunst, die sich an dergleichen abarbeitend verschwenden und vernichten.«

»Ihr Zorn«, sagte Dietrich, »enthält das schönste Lob des Bildes. Ist denn nicht alles, was den Menschen versucht, nur Gespenst, in die lockende Gestalt der Schönheit verhüllt oder sich scheinbar mit nichtigem Entsetzen verpanzernd? Sollte eine Darstellung, wie jene, nicht gerade in unsern neuesten Tagen eine doppelte Bedeutung erhalten? Allen kommt diese Versuchung, die sich noch ihres Herzens nicht ganz bewußt sind; aber in jenem Heiligen sehen wir den festen und reinen Blick, der über die Furcht erhaben ist und längst die wahre unsichtbare Schönheit kennt, um Grauen und geringe Lüsternheit von sich zu weisen. Das wahre Schöne führt uns in keine Versuchung; das, was wir wirklich fürchten dürfen, erscheint nicht in Larve und Unform. Das Bestreben jenes alten Meisters läßt sich daher vor dem gebildeten Sinne rechtfertigen; nicht so Teniers und seinesgleichen.« »Das Tolle, das Alberne und Abgeschmackte ist ein Unendliches«, rief der Unbekannte; »es ist es eben dadurch, daß es sich in keine Grenze fassen läßt, denn durch die Schranke wird alles Vernünftige: das Schöne, Edle, Freie, Kunst und Enthusiasmus. Weil sich aber etwas Überirdisches, Unaussprechliches beimischt, so meinen die Thoren, es sei das Unbedingte, und sündigen im angemaßten Mystizismus in Natur und Phantasie hinein. Sehn Sie diesen tollen Höllenbreughel hier am Pfeiler? Weil sein Auge gar keinen Blick mehr hatte für Wahrheit und Sinn, weil er sich ganz von der Natur lossagte und Aberwitz und Unsinn ihm als Begeisterung und Verständnis galten, so ist er mir vom ganzen Heere der Fratzenmaler geradezu der liebste, da er ohne weiteres die Thüre zuschlug und den Verstand draußen ließ. Sehn Sie den Riesensaal von Julio Romano in Mantua, seine wunderlichen Aufzüge mit Tieren und Centauren und allen Wundern der Fabel, seine Bacchanalien, seine kühne Vermischung des Menschlichen, Schönen, Tierischen und Frechen; vertiefen Sie sich in diese Studien, dann werden Sie erst wissen, was ein wirklicher Poet aus diesen sonderbaren und unverstandenen Stimmungen unsers Gemütes machen kann und darf, und wie er im stande ist, auch in diesem aus Träumen geflochtenen Netz die Schönheit zu fangen.«

»Auf solchem Wege«, sagte Dietrich, »sind wir mit allen Dingen sehr bald fertig, wenn wir nur eine Norm und Regel annehmen, in leidenschaftlicher Verblendung alles Göttliche auf *einen* Namen übertragen und von dem einseitigen Erkennen seiner dann abweisen, was er nicht geleistet hat oder nicht leisten konnte, der doch auch nur ein Einzelner und ein Sterblicher war, dessen Blick nicht in alle Tiefen drang, und dem wenigstens der Tod die Palette aus der Hand nahm, wäre er selbst fähig gewesen, alle Erscheinungen aus seinen Fingern quellen zu lassen. Schranke muß sein; wer bezweifelt das? Aber so manche Altklugheit, die sich im Halten der Regel so groß dünkt, erinnert mich immer wieder an die sonderbare Eigenschaft des Hahns, der, wie unbändig und kriegerisch er auch thut, wenn er auf die Seite gelegt wird und man von seinem Schnabel aus einen Kreidestrich auf den Boden hinzieht, unbeweglich und andächtig liegen bleibt, weil er sich, wer weiß von welcher Naturnotwendigkeit, philosophischen Regel oder unerläßlichen Kunstschranke gefesselt glaubt.«

»Sie werden unbescheiden, mein junger altdeutscher Herr«, sagte der Fremde in etwas hohem Tone. »Die gute Erziehung wird freilich bald zu den verlorenen Künsten gerechnet werden müssen.«

»Dafür ist aber wohl gesorgt«, versetzte Dietrich, »daß Übermut nicht ausstirbt und Dünkel bei frischen Kräften bleibt.« Er verbeugte sich schnell gegen den Hausherrn und verließ die Gesellschaft.

»Ich weiß nicht, wie ich dazu komme, so behandelt zu werden«, sagte der Fremde. »Scheint doch über diesem Saal ein Unheil zu walten, daß ich hier immer auf Riesen treffe, die mich in den Staub treten wollen.«

Der alte Walther war sehr mißmutig, daß in seinem Hause solche Szenen vorfielen. So wie er den Fremden schon bei Tische hatte aufgeben müssen, so gab er nun auch den Gedanken auf, jemals den jungen Maler zum Schwiegersohn in Vorschlag zu bringen. Begütigend wendete er sich zu dem Fremden, der in seinem Zorn dem Höllenbreughel eine größere Aufmerksamkeit schenkte, als außerdem geschehen sein würde. »Nicht wahr«, fing er an, »ein in seiner Art treffliches Gemälde?«

»Das schönste von diesem Meister, das ich bisher gesehen«, erwiderte der verstimmte junge Mann. Er nahm sein Glas zu Hülfe, um es genauer zu prüfen. »Was ist das?« rief er plötzlich; »sehen Sie, wo die Beine der beiden Teufel zusammenkommen und der feurige Schweif des dritten, wird ein Gesicht, ein recht wunderlich ausdrucksvolles Profil gebildet, und, ich irre mich nicht, es gleicht auffallend hier Ihrem ältern Freunde, dem braven Künstler.«

Alle drängten sich hinzu, keiner hatte diesen sonderbaren Einfall noch bemerkt. Eulenböck, der Schalk, spielte am meisten den Erstaunten. »Daß mein Andenken«, sagte er, »sich in diesem seltsamen Stammbuche finden sollte, hätte ich mir nicht träumen lassen; sollte der boshafte Maler aber mein Profil schon in der Vorzeit geahndet haben, so ist es doch zu ruchlos, daß dieser Feuerschweif gerade meine etwas rote Nase formieren muß.«

»Das Ding«, sagte Erich, »ist so sonderbar angebracht, daß man wirklich nicht ergründen kann, ob es Vorsatz oder bloßer Zufall ist.« Walther betrachtete das Profil im Bilde, dann musterte er die Physiognomie seines Freundes, schüttelte den Kopf, ward nachdenkend und nahm zerstreut Abschied, als der Fremde sich mit Eulenböck beurlaubte, der sich dessen Begleitung erbeten hatte, um ihm seine Kunstwerke zu zeigen.

»Was ist dir?« fragte Erich, der mit dem Alten allem im Saale zurückgeblieben war. »Du scheinst über den sonderbaren Scherz des Zufalls verdrüßlich, der uns alle zum Lachen gezwungen hat; ist doch der Säufer hinlänglich dadurch bestraft, daß diese Teufelskompanie so artig sein Porträt zusammensetzen muß.«

»Hältst du es denn wirklich auch für Zufall?« rief Walther erzürnt aus; »siehst du denn nicht ein, daß der alte Schelm mir dies Bild betrügerisch aufgeheftet hat, daß es von ihm herrührt? Schau' nur hieher, ich habe ihn vor den andern nicht beschämen wollen; aber nicht genug an dieser Abschattung von sich selbst, hat er auch noch dem großen Teufel da oben, der die Seelen in einer Handmühle mahlt, in seinem ungeheuren Schnauzbart fein den Namen Eulenböck eingeschrieben. Ich entdeckte die Kritzelei schon unlängst einmal; ich glaubte aber, da es nicht ganz deutlich war, es habe der

Maler oder ein Anderer Höllenbreughel hineinschreiben wollen; so erklärte es mir der alte Schuft auch selbst, der mir, wie ich es ihm zeigte, Ellenbröeg herauslas und hinzufügte, die Künstler hätten sich nie um die Orthographie viel gekümmert. Nun geht mir erst ein Licht auf, daß der verruchte Säufer auch nur den jungen Mann verführt hat, mir den Salvator zu verkaufen, daß du einen solchen von ihm ebenfalls erhalten hast; und dabei müssen wir noch fürchten, unsere Gesichter einmal, wer weiß unter welchen abscheulichen Gegenständen, irgendwo unanständig auf pasquillantische Weise angebracht zu sehen.«

Er war so zornig, daß er die Faust aufhob, um das Bild zu zerstören. Aber Erich hielt ihn zurück und sagte: »Vernichte nicht im Unmut ein merkwürdiges Produkt eines Virtuosen, das dich in Zukunft wieder ergötzen wird. Rührt es von unserm Eulenböck her, wie ich jetzt selber glauben muß, und sind gar noch die beiden Salvators von ihm, so muß ich die Geschicklichkeit des Mannes bewundern. Toll ist die Art, wie er sich selbst gezeichnet hat; indessen kann dieser Übermut nur ihm selber schädlich werden, da ich und du uns nun wohl hüten werden, von ihm zu kaufen, von denen er außerdem wohl noch manchen Thaler gelöst hätte. Aber dich wurmt noch etwas anderes, ich sehe es dir wohl an. Kann ich dir raten? Ist es vielleicht die alte Besorgnis um deine Tochter?«

»Ja, mein Freund«, sagte der Vater; »und wie ist es mit dir? Hast du selbst meinen Worten nachgedacht?«

»Viel und oft«, erwiderte Erich; »aber, lieber Grillenfänger, wenn es auch glückliche Ehen ohne Leidenschaft geben kann, so muß doch eine Art von Neigung da sein; die finde ich aber nicht, und ich kann es deiner Tochter nicht verdenken   wir sind uns zu ungleich. Schade wär' es auch, wenn das liebe Wesen mit seinen lebhaften Empfindungen nicht glücklich werden sollte.«

»Durch wen?« rief der Vater, »es findet sich ja niemand, den sie mag, und der sich für sie paßt; du trittst völlig zurück, der fremde hochmütige Gast hat mich heut' mit seiner vornehmen Art recht empfindlich geärgert; aus dem jungen Herrn Dietrich würde nie ein gescheiter Ehemann werden, da er sich gar nicht in die Welt zu schicken weiß, wie ich gesehen habe, und vom jungen Eisenschlicht darf ich ihr gar nicht einmal sprechen. Dazu ist mir aufs neue der

Verlust der herrlichen Bilder auf das Herz gefallen. Wo der Satan sie nur hingeführt hat! Sieh, meinem ärgsten Feinde möchte ich sie gönnen, wenn sie nur da wären! Und dann hab' ich nicht auch noch eine Verschuldung gegen Eduard? Du weißt, zu welchen billigen Preisen ich nach und nach von ihm kaufte, was er noch im Nachlasse seines Vaters fand. Er kannte, er achtete die Sachen nicht; ich habe ihm nie abgedrungen, ich habe ihn nie angelockt aber doch wenn der junge Mensch ordentlich werden wollte, wenn er den bessern Weg einschlüge wüßte ich nur, daß es ihn nicht wieder schlecht machte, daß er es nicht vergeudete, ich wollte ihm noch einen beträchtlichen Nachschuß gerne zahlen.«

»Brav!« rief Erich und gab ihm die Hand. »Ich habe den jungen Menschen nicht aus den Augen gelassen; er ist nicht ganz so schlimm, als die Stadt von ihm spricht, er kann noch einmal ein rechter Mann werden. Wenn wir Besserung sehen und du dich ihm gewogen fühlst, vielleicht daß deine Tochter einmal auch gut von ihm dächte, kann sein, daß sie ihm gefiele; wie wär's alsdann, wenn du durch dein Vermögen beiden ein glückliches Schicksal bereitetest, Enkel auf deinen Knieen schaukeltest, ihnen die eisten Begriffe der Kunstgeschichte beibrächtest, daß sie hier in deinem Saale die berühmten Namen stammelten!«

»Nimmermehr!« rief der Alte und stampfte mit dem Fuße. »Wie? einem solchen verderbten Taugenichts mein einziges Kind? Ihm diese Sammlung hier, daß er sie verprassen und für ein Spottgeld verkaufen könnte? Das rät mir kein Freund.«

»Doch«, sagte Erich; »sei nur gelassen, überdenke den Vorschlag ohne Leidenschaft und suche deine Tochter zu prüfen.«

»Nein, nein!« wiederholte Walther laut, »es kann, es darf nicht sein! Ja, könnte er noch ein einziges von jenen kostbaren, unvergleichlichen Bildern ausweisen, die aber nun auf ewig verloren sind, so ließe sich noch eher darüber sprechen. Aber so verschone mich in alle Zukunft mit dergleichen Vorschlägen. Und der verdammte Breughel hier! Da oben, hoch, wo ich ihn nie wieder sehe, will ich ihn mit der Galgenphysiognomie des alten Sünders und allen seinen Teufeln hinauf hängen!«

Er sah empor, und wieder schaute aus dem offnen Fenster Sophie, lauschend auf ihr Gespräch, herab. Sie errötete, entfloh, ohne das Fenster zu schließen, und der Alte rief: »Das fehlte noch! Nun hat die eigensinnige Dirne alles mit angehört und setzt sich wohl gar dergleichen in den kleinen trotzigen Kopf!«

Die alten Freunde trennten sich, Walther mit sich und aller Welt unzufrieden.

*

Tief in der Nacht saß Eduard in seinem einsamen Zimmer, mit vielfachen Gedanken beschäftigt. Um ihn lagen unbezahlte Rechnungen, und er häufte die Summen daneben auf, um sie am folgenden Morgen zu tilgen. Es war ihm gelungen, unter billigen Bedingungen ein Kapital auf sein Haus aufzunehmen, und so arm er sich erschien, so war er doch schon in dem Gefühl zufrieden, welches ihm sein fester Vorsatz gab, künftig auf andre Weise zu leben. Er sah sich in Gedanken schon thätig, er machte Plane, wie er von einem kleinen Amte zu einem wichtigern emporsteigen und sich in diesem zu einem noch ansehnlichem vorbereiten wolle. »Die Gewohnheit«, sagte er, »wird ja zu unserer Natur, so im Guten wie im Schlimmen, und wie mir Müßiggang bisher notwendig gewesen ist, um mich wohl zu befinden, so wird es in Zukunft die Arbeit nicht weniger sein. Aber wann, wann wird denn dies erwünschte goldne Zeitalter meines edlern Bewußtseins wirklich und wahrhaft in mir sein, daß ich mit Befriedigung und Wohlbehagen die Gegenstände vor mir und mich selbst werde betrachten können? Jetzt sind es doch nur noch Vorsätze und liebliche Hoffnungen, die blühen und locken; und ach! werde ich nicht auf halbem Wege, vielleicht schon auf dem Anfange meiner Bahn ermatten?«

Er sah die Rose zärtlich an, die im Wasserglase ihm glühend entgegenlachte. Er nahm sie und drückte mit zarter Berührung einen leisen Kuß in ihre Blätter und hauchte einen Seufzer in den Kelch. Dann stellte er sie behutsam in das nährende Element zurück. Er hatte sie neulich, schon verwelkt, in seinem Busen wiedergefunden; seit der Stunde, daß sie im Fluge sein Gesicht berührt hatte, war er ein andrer Mensch geworden, ohne daß er es sich selber gestehen wollte. Man ist nie so abergläubisch und merkt so gern auf Vorbedeutungen, als wenn das Herz recht erschüttert ist und aus dem Sturm der Gefühle ein neues Leben sich erzeugen will. Eduard merkte selbst nicht, wie sehr ihm die kleine Blume Sophien selbst gegenwärtig machte, und da er alles und sich selbst beinah' verloren hatte, so sollte die welke Pflanze sein Orakel sein, ob sie sich wieder erfrische und auch ihm ein neues Glück verkündigen wolle. Da sie aber nach einigen Stunden sich im Wasser nicht entfaltete, so half er ihr und der weissagenden Kraft durch die gewöhnliche Kunst, den Stengel zu beschneiden, diesen dann einige Augenblicke in die Flamme des Lichtes zu halten und die Blume nachher in das kalte Element zurück zu setzen. Fast sichtlich erfrischte sie sich nach dieser gewaltsamen Nachhülfe und blühte so schnell und mächtig auf, daß Eduard fürchten mußte, sie würde binnen kurzem alle ihre Blätter verstreuen. Doch war er seitdem getröstet und traute seinen Sternen wieder.

Er blätterte in alten Papieren seines Vaters, schlug Briefe auseinander und fand so manche Erinnerungen aus seiner Kindheit sowie aus der Jugend des Erzeugers. Er hatte den Inhalt eines Schrankes vor sich ausgepackt, der Rechnungen, Nachweisungen, Prozeßakten und vieles ähnlicher Art enthielt. Indem rollte sich ein Blatt auf, welches das Verzeichnis der ehemaligen Galerie enthielt, die Geschichte der Bilder, ihre Preise und was dem Besitzer bei jedem Stücke merkwürdig gewesen war. Eduard, der von einer Reise zurückkam, als sein Vater auf dem Sterbebette lag, hatte nach dem Begräbnisse vielfach nach jenen verlorenen Bildern gesucht und manche vergebliche Nachforschung angestellt. Er konnte mit Recht erwarten, daß auch von jenen vermißten sich hier ein Wort finden möchte, und wirklich erschien ihm in einem andern Paket, zwischen Papieren versteckt, ein Blatt, welches genau jene Stücke nannte, die Namen der Meister sowie die vorigen Eigentümer. Die Schrift war augenscheinlich aus den letzten Tagen seines Vaters, und unten fanden sich die Worte: diese Stücke sind jetzt   , weiter hatte die Hand nicht geschrieben, und selbst diese Zeile war wieder ausgestrichen worden.

Nun suchte Eduard noch eifriger; aber keine Spur. Das Licht war niedergebrannt, sein Blut war erhitzt; er warf die Bogen eilig im Zimmer umher, aber es zeigte sich nichts. Als er ein altes vergelbtes Papier auseinanderschlug, sah er zu seinem Erstaunen einen Schein, der vor vielen Jahren ausgestellt war, in welchem sich sein Vater als der Schuldner Walthers mit einer namhaften Summe bekannte. Er war nicht quittiert, aber doch nicht in den Händen des Gläubigers.

Wie war dieser Umstand zu erklären? Er steckte ihn zu sich und rechnete aus, daß, wenn das Blatt gültig wäre, er von seinem Hause kaum noch etwas übrig behalten würde. Er betrachtete einen Beutel, den er in eine Ecke gestellt, und der dazu bestimmt war, ein für allemal noch den Familien, die er bisher im stillen unterstützt hatte, eine ansehnliche Hülfe zu geben. Denn wie er im Verschwenden leichtsinnig war, so war er es auch in seinen Wohlthaten; man hätte sie auch, wenn man strenge sein wollte, Verschwendung nennen können, »Wenn ich nur diese Summe nicht anrühren darf, damit die Elenden sich noch einmal freuen, so ist es nachher auch ebensogut, ganz von vorn anzufangen und nur meinen Kräften zu vertrauen.« Dies war vor dem Einschlafen sein letzter Gedanke.

*

Eduard war vom Geheimrat Walther eingeladen worden; es war lange nicht geschehen, und ob der Jüngling gleich nicht begriff, wie der alte Freund zu diesem erneuten Wohlwollen komme, so ging er doch mit frischem Mute hin, hauptsächlich in der frohen Erwartung, mit Sophien die ehemalige Bekanntschaft wieder anzuknüpfen. Er nahm das aufgefundene Papier mit.

Es war ihm sehr verdrüßlich, dort den alten und den jungen Herrn von Eisenschlicht zu finden; indessen da er bei Tische Sophien gegenüber saß, so richtete er das Gespräch hauptsächlich an diese und bestrebte sich, heiter zu erscheinen, obgleich sein Gemüt auf vielfache Weise gereizt war; denn es entging ihm nicht, wie der alte Walther dem jungen Eisenschlicht mit aller Artigkeit entgegenkam und ihn beinahe vernachlässigte; auch war es in der Stadt bekannt, daß sich der Rat den jungen reichen Mann zum Schwiegersohne wünsche. Dieser ließ sich die Freundlichkeit des Wirts gefallen mit einer Art, als wenn es nicht anders sein könne, und Erich, der es gut mit dem jungen Eduard meinte, suchte nur zu verhindern, daß der gereizte Jüngling nicht in Heftigkeit ausbräche. Sophie war die Munterkeit selbst; sie hatte sich mehr geschmückt als gewöhnlich, und der Vater mußte sie oft prüfend betrachten, denn ihr Anzug wich in einigen Stücken von dem gebräuchlichen ab und erinnerte ihn heute lebhafter als je an jenes verlorene Bild von Messys, welches die beiden jungen Leute in einer gewissen Ähnlichkeit als Schäfer darstellte.

Man versammelte sich nach Tische im Bildersaal, und Erich mußte lächeln, als er bemerkte, daß sein Freund wirklich den falschen
Höllenbreughel hoch in einen Winkel hinauf gehangen hatte, wo
man ihn kaum noch bemerken konnte. Der junge Eisenschlicht setzte sich neben Sophien und schien sehr angelegentlich mit ihr zu
sprechen. Eduard ging unruhig hin und her und betrachtete die
Bilder; Erich unterhielt sich mit dem Vater des jungen Freiwerbers,
und Walther hatte ein prüfendes Auge auf alle gerichtet.

»Warum aber«, sagte Erich zu seinem Nachbar, »ist Ihnen hier
das meiste aus der niederländischen Schule zuwider?«

»Weil sie so viel Lumpenvolk und Bettler darstellt«, antwortete
der reiche Mann. »Mein Widerwille trifft auch nicht diese Niederländer allein, sondern vorzüglich ist mir deshalb der Spanier Murillo verhaßt und auch so manche Italiener. Es ist schon traurig genug,
daß man sich auf Markt und Straße, ja in den Häusern selbst nicht
vor diesem Geschmeiße zu retten weiß; wenn aber ein Künstler
verlangt, ich soll mich gar noch auf bunter Leinwand an dem lästigen Volke ergötzen, so heißt das meiner Geduld etwas zu viel anmuten.«

»Da würde Ihnen vielleicht«, sagte Eduard, »der Quintin Messys
recht sein, der so häufig Wechsler an ihrem Tische mit Münzen und
Rechnungsbüchern so treu und kräftig vor uns hinstellt.«

»Auch nicht, junger Herr«, sagte der alte Mann; »das können wir
leicht und ohne Anstrengung in der Wirklichkeit sehn. Soll ich mich
einmal an Malerei erfreuen, so verlange ich große königliche Aufzüge, viele schwere Seidenzeuge, Kronen und Purpurmäntel, Pagen
und Mohren; das, vereinigt mit einem Anblick auf Paläste, große
Plätze und in weite gerade Straßen hinein, erhebt die Seele, das
macht mich oft auf lange munter, und ich werde nicht müde, es
immer wieder von neuem zu beschauen.«

»Gewiß«, sagte Erich, »hat Paul Veronese[34] und manche andere
Italiener auch darin viel Vorzügliches geleistet.«

---

[34] Eigentlich Paolo Caliari aus Verona (1528-88), der größte unter den jüngern
Meistern der venezianischen Schule; seine »Hochzeit zu Kana« und »Auffindung
Mosis« befinden sich in der Dresdener Galerie.

»Was sagen Sie denn zu einer Hochzeit von Kana in dieser Manier«« fragte Eduard.

»Alles Essen«, erwiderte der alte Herr, »wird auf Bildern langweilig, weil es doch nie von der Stelle rückt, und die gebratenen Pfauen und hoch aufgehobenen Pasteten sowie die halb umgedrehten Mundschenken sind auf allen solchen Darstellungen lästige Kreaturen. Aber ein anderes ist es, wenn sie den kleinen Moses aus dem Wasser ziehn, und dabei steht die Prinzeß in ihrem reichsten Schmuck und umher die geputzten Damen, die auch für Fürstinnen gelten könnten, Männer mit Hellebarden und Rüstungen, selbst Zwerge und Hunde; ich kann nicht sagen, wie es mich erfreut, wenn ich eine solche Geschichte, die ich in meiner frühen Jugend oft unter Beklemmungen in einer dunklen Schulstube lesen mußte, so herrlich ausgeschmückt wieder antreffe. Von dergleichen Sachen aber, lieber Herr Walther, haben Sie zu wenig. Ihre meisten Bilder sind für die Empfindung, und ich will niemals, am wenigsten von Kunstwerken, gerührt sein. Ich werde es auch nicht, sondern ich ärgere mich nur.«

»Noch schlimmer«, fing der junge Eisenschlicht an, »ist es aber in unsern Komödien. Wenn wir aus einer angenehmen Gesellschaft und von einem glänzenden Diner in den erleuchteten Saal treten: wie kann man nur verlangen, daß wir uns für das mannigfaltige Elend und den kümmerlichen Mangel interessieren sollen, der uns hier aufgetischt wird? Könnte man nicht dieselbe polizeiliche Einrichtung treffen, die schon in den meisten Städten löblicherweise angeordnet ist, daß ich ein für allemal für die Armut etwas einlege und mich dann nicht weiter von den einzelnen Zerlumpten und Hungernden inkommodieren lasse?«

»Bequem wäre es ohne Zweifel«, sagte Eduard; »ob aber durchaus zu loben, sei es als Polizei- oder Kunsteinrichtung, weiß ich noch nicht zu sagen. Ich kann mich wenigstens des Mitleids gegen den einzelnen nicht erwehren und mag es auch nicht, wenn man freilich oft zur Unzeit gestört, unverschämt bedrängt und zuweilen auch wohl arg betrogen wird.«

»Ich bin Ihrer Meinung«, rief Sophie aus; »ich kann die stummen, blinden Bücher nicht leiden, in die man sich einschreiben soll, um sich ruhig auf eine unsichtbare Verwaltung verlassen zu können, die dem Elende so viel als möglich abhelfen werde. In manchen Gegenden verlangt man sogar, man soll sich verpflichten, dem einzelnen nichts zu geben. Aber wie kann man nur dem Jammer widerstehn? Wenn ich dem gebe, der mir seine Not klagt, so sehe ich doch wenigstens seine augenblickliche Freude und kann hoffen, ihn getröstet zu haben.«

»Das ist es eben«, sagte der alte Kaufmann, »was in allen Ländern den Bettelstand erhält, daß wir uns nicht von dem kleinlichen Gefühl einer weichlichen Eitelkeit und eines süßlichen Wohlthuns frei machen können und wollen. Dies ist es zugleich, was die besseren Maßregeln der Staaten vereitelt und unmöglich macht.«

»Sie denken anders als jene Schweizer«, sagte Eduard. »Es war in einer katholischen Gegend, wo ein alter Bettler seit lange sein Almosen an gewissen Tagen einkassierte und in jedem Hause fast, da die ländliche Einsamkeit nicht viel Gewerbe und Umtrieb gestattete, mit zur Familie gerechnet wurde. Indessen traf es sich doch, daß man ihn in einer Hütte, als er zusprach, da man gerade mit einer Wöchnerin sehr beschäftigt war, in der Verwirrung und Besorgnis für die Kranke abwies. Als er wirklich nach wiederholter Forderung nichts erhielt, wandte er sich zornig und rief im Scheiden: ›Nun, wahrlich, ihr sollt sehn, daß ich gar nicht wiederkomme, und so mögt ihr dann suchen, wo ihr wieder einen Bettler herkriegt!‹«

Alle lachten, nur Sophie nicht, welche diesen Ausspruch ganz vernünftig finden wollte und mit diesen Worten schloß: »Gewiß, wenn es uns unmöglich gemacht werden könnte, Wohlthaten zu erzeigen, so möchte unser Leben selber arm genug werden. Könnte der Trieb des Mitleids in uns ersterben, so möchte es auch wohl um Lust und Freude traurig aussehen. Derjenige, der glücklich genug ist, mitteilen zu können, empfängt mehr als der arme Nehmende. Ach! das ist ja noch das einzige«, fügte sie mit großer Bewegung hinzu, »was das starre Eigentum, die Grausamkeit des Besitzes etwas entschuldigen und mildern kann, daß auf die Schmachtenden unten etwas von dem unbillig Aufgehäuften herabgeschüttet wird, damit es nicht ganz in Vergessenheit komme, daß wir alle Brüder sind.«

Der Vater sah sie mißbilligend an und wollte eben etwas sagen, als Eduard heftig einfiel, indem er seine feurigen Augen auf die feuchten des Mädchens heftete: »Dächte die Mehrzahl der Menschen so, so lebten wir in einer andern und bessern Welt. Wir entsetzen uns, wenn wir von dem Drangsal lesen, das in Wüsten und Einöden fremder Himmelsstriche dem harmlosen Wanderer auflauert, oder von jenen Schrecknissen, die auf der unwirtbaren See das Schiffsvolk fürchterlich verzehren, wenn im höchsten Mangel kein Fahrzeug oder keine Küste sich auf der unermeßlichen Fläche zeigen will; wir entsetzen uns, wenn Ungeheuer der Tiefe den Verunglückten zerfleischen und doch leben wir nicht in den großen Städten wie auf einem Vorgebirge, wo unmittelbar zu unsern Füßen aller dieser Jammer, dasselbe greuliche Schauspiel sich entwickelt, nur langsamer und desto grausamer? Aber wir sehen aus unsern Konzerten und Festen und aus dem sichern Gewahrsam des Wohlstandes nicht in diesen Abgrund hinein, wo die Gestalten des Elends sich in tausend fürchterlichen Gruppen, wie in Dantes Gebilden, zermartern und verzehren und gar nicht einmal mehr zu uns emporzuschauen wagen, weil sie schon wissen, welchem kalten Blick sie begegnen, wenn ihr Geschrei uns zuzeiten aus den Betäubungen unsrer kalten Ruhe weckt.«

»Diese Übertreibungen«, sagte der alte Eisenschlicht, »sind jugendlich. Ich behaupte immer noch, der wirklich gute Bürger, der echte Patriot soll sich von augenblicklicher Rührung nicht hinreißen lassen, die Bettelei zu unterstützen. Er teile jenen wohlthätigen Anstalten mit, soviel er mit Bequemlichkeit entbehren kann, aber vergeude nicht seine geringen Mittel, die auch hierin der Aufsicht des Staates zu gute kommen sollen. Denn was thut er im entgegensetzten Fall? Er befördert durch seine Weichlichkeit, ja ich möchte es fast wollüstigen Kitzel des Herzens nennen, Betrug, Faulheit, Unverschämtheit und entzieht das Wenige der wahren Armut, die er doch nicht immer antreffen oder erkennen kann. Wenn wir aber auch jene übertriebene Schilderung des Elends als richtig anerkennen wollten, was kann der einzelne auch selbst in diesem Falle Gutes stiften? Ist er denn im stande, die Lage des Verzweifelnden zu verbessern? Was hilft es, doch immer nur wieder einen Tag oder eine Stunde zu erleichtern? Der Unglückliche wird seine Schmach nur um so tiefer empfinden, wenn er nicht seinen Zustand in einen glücklichen verwandeln kann; er wird noch unzufriedener, noch elender werden, und ich schade ihm, anstatt ihm zu nützen.«

»O, sagen Sie das nicht«, rief Eduard aus, »wenn ich Sie nicht verkennen soll; denn es erscheint mir wie Lästerung! Was der Arme in einem solchen Augenblick des Sonnenscheins gewinnt? O mein Herr! er, der schon daran gewöhnt ist, von der Gesellschaft der Menschen ausgestoßen zu sein; er, für den es kein Fest, keinen Markt, keine Gesellschaft und kaum eine Kirche gibt, für den Zeremonie, Höflichkeit und alle die Rücksichten ausgestorben sind, die sonst jeder Mensch dem andern leistet; dieser Elende, dem auf Spaziergängen und in der Frühlingsnatur nur Verachtung grünt und blüht, er wendet oft das dürre Auge nach Himmel und Sternen über sich und sieht auch dort nur Leere und Zweifel; aber in solcher Stunde, die ihm unverhofft eine reichlichere Gabe spendet, daß er mit mehr als augenblicklichem Trost zu den verschmachteten Seinigen in die dunkle Hütte kehren kann, geht ihm plötzlich im Herzen wieder der Glaube an Gott, an seinen Vater auf; er wird wieder Mensch, er fühlt wieder die Nähe eines Bruders und darf diesen und sich wieder lieben. Wohl dem Reichen, der diesen Glauben fördern, der mit der sichtbaren Gabe das Unsichtbare schenken kann, und wehe dem Verschwender, der sich durch frevelnden Leichtsinn dieser Mittel beraubt, ein Mensch unter den Menschen zu sein; denn das Gefühl wird ihn am härtesten strafen, daß er als herzloser Barbar in Strömen das Labsal in die Wüste geschüttet hat, wovon ein jeder Tropfen seine Brüder, unter der Last des mühseligen Lebens erliegend, erquicken könnte.«

Er konnte das letzte nur mit Thränen sagen, er verhüllte sein Angesicht und bemerkte nicht, daß die Fremden, auch Erich, vom Wirte Abschied nahmen. Auch Sophie weinte, doch ermunterte sie sich zur Heiterkeit, als der Vater zurückkam.

Als sich in andern Gesprächen die Gefühle wieder beruhigt hatten, zog Eduard das Papier aus der Tasche und trug dem Rate die zweifelhafte Sache vor, und wie sehr er besorge, noch mit einer ansehnlichen Summe sein Schuldner zu sein, die er ihm durch ein Kapital abzutragen denke, welches er auf sein Haus zu bekommen suchen wolle.

Der Alte sah abwechselnd ihn und das vergelbte Papier mit großen Augen an, endlich faßte er die Hand des Jünglings und sagte mit gerührter Stimme: »Mein junger Freund, Sie sind viel besser, als ich und auch die Welt von Ihnen gedacht haben; Ihr Gefühl entzückt mich, und wenn Sie auch mit dem Herrn von Eisenschlicht nicht so heftig hätten sprechen sollen, so war ich doch bewegt; denn, wahrlich! ich denke wie Sie über diesen Punkt. Was dies Papier betrifft, so kann ich Ihnen darüber schwerlich eine entscheidende Antwort geben, ob es gültig sei oder nicht. Es rührt aus einer frühen Zeit her, in der ich mit Ihrem wackern Vater mancherlei und zuweilen verwickelte Geldgeschäfte hatte; wir halfen einander bei unsern Spekulationen und Reisen aus, und der alte Herr war dazumal in früher Jugend freilich zuweilen etwas locker und wild. Er bekennt hier, mir eine ansehnliche Summe schuldig zu sein; das Blatt muß sich unter seinen Papieren verloren haben; ich weiß nichts mehr davon, weil wir sehr viel miteinander zu berechnen hatten, und ich war denn damals auch nicht so ordentlich wie jetzt. Indes« (und mit diesen Worten zerriß er das Blatt) »sei diese anscheinende Forderung zernichtet; denn auf keinen Fall, auch wenn die Schuld klar wäre, könnte ich von dir, mein Sohn, diese Summe annehmen; wenigstens sollte ich dir so viel nachzahlen für jene Gemälde, die du mir zu wohlfeil verkauft hast. Kann ich dir überhaupt helfen, mein gutes Kind, so rechne auf mich, und alles kann vielleicht noch gut werden.«

Eduard beugte sich über seine Hand und rief: »Ja, sein Sie mir Vater, ersetzen Sie mir den, den ich zu früh verloren habe! Ich verspreche es Ihnen, es ist mein fester Vorsatz, ich will ein andrer Mensch werden, ich will meine versäumte Zeit wieder einbringen; ich hoffe, der menschlichen Gesellschaft noch einmal nützlich zu werden. Aber väterlicher Rat, wohlwollende Aufmunterung muß mich leiten, damit ich wieder Vertrauen zu mir fasse.«

»So gut«, sagte der Alte, »hätte es uns schon seit manchem Jahre werden können, aber du hast es dazumal verschmäht. Worin ich dir nur irgend helfen kann, darfst du sicher auf mich rechnen. Jetzt aber will ich doch, Neugierde halber, noch einmal meine Papiere ansehen, ob ich denn doch von dieser Schuld gar keine Nachricht finden sollte.«

Er ließ die beiden jungen Leute allein, die sich erst eine Weile stillschweigend ansahen und sich dann in die Arme flogen. Sie hielten sich lange umschlossen, dann machte sich Sophie gelinde los, entfernte den Jüngling und sagte, indem sie ihm mit Munterkeit ins Auge sah: »Wie widerfährt mir denn das? Eduard, was soll uns denn das bedeuten?«

»Liebe«, rief Eduard, »Glück und ewige Treue! Sieh, liebstes Kind, ich fühle mich wie von einem schweren Traum erwacht. Das Glück, das mir so nahe vor den Füßen lag, das mir mein redlicher Vater schon an deiner Wiege zugedacht hatte, stieß ich wie ein ungezogener Knabe von mir, um mich der Welt und mir selbst verächtlich zu machen. Hast du mir denn vergeben, holdseliges Wesen? Kannst du mich denn lieben?«

»Ich bin dir recht von Herzen gut, du mein alter Spielkamerad«, sagte Sophie; »aber glücklich sind wir darum noch nicht.«

»Was kann uns noch im Wege sein!« rief Eduard aus. »O, wie tief beschämt es mich, daß ich deinen edlen Vater so sehr habe verkennen mögen! Wie gütig er mir entgegenkommt! Wie herzlich er mich als Sohn an seine Brust drückt!« »Ja, du wunderlicher Kauz«, lachte Sophie auf, »das ist ja aber nicht so gemeint. Aber der bleibt zeitlebens unbesonnen und hat gleich die Rechnung ohne den Wirt gemacht! Davon wird der Papa, so gut er auch sein mag, nicht eine Silbe hören wollen. Auch müssen wir beide uns ja erst näher kennen lernen, Freund, das sind Sachen, die sich noch in die Jahre hinaus verziehen können. Und während der Zeit sattelst du auch vielleicht wieder um und lachst dann in deiner lustigen Gesellschaft über meinen Gram und meine Thränen.«

»Nein!« rief Eduard und warf sich vor ihr nieder; »verkenne mich nicht, sei so gut und lieb, wie dein Auge verspricht! Und ich fühle es, dein Vater wird sich unsers Glückes freuen, er wird unsern Bund segnen!« Er umfaßte sie heftig, ohne zu bemerken, daß der Vater schon wieder hinter ihm stand. »Was ist das, junger Herr?« rief der Alte erzürnt aus; »den Bund segnen? Nein, vertreiben, aus seinem Hause verbannen wird er den lockern Zeisig, der so sein Vertrauen und seine Neigung zu ihm mißbrauchen will.«

Eduard war aufgestanden und sah ihm ernst ins Auge. »Sie sind nicht gesonnen, mir Ihre Tochter zur Frau zu geben?« fragte er mit ruhigem Tone.

»Was!« rief der Alte mit der größten Ungeduld, »seid Ihr rasend, Patron? Einem Menschen, der den Nachlaß seines Vaters, die kostbarsten Bilder verkauft und verschleudert hat? Und wenn Ihr ein Millionär wäret, ein so gefühlloser Mensch erhielte sie niemals! Ei, da würde es nach meinem Tode, vielleicht schon während meinen letzten Tagen an ein herrliches Auskneten meiner Schätze gehen, da würden die Bilder in alle vier Ecken der Welt fliegen, daß ich keine Ruhe in meinem Grabe hätte. Klug ist er aber, der saubre Herr. Macht mich erst recht treuherzig, bringt mir mit herrlicher Großmut ein altes Schuldblatt seines Vaters, das er mir noch bezahlen will, kirrt mich in die Rührung hinein, damit ich nur noch großmütiger, noch edler und heroischer werden und ihm meine Tochter an den Hals werfen soll. Nein, nein, mein junger Herr, so leicht hat Er das Spiel bei mir nicht gewonnen. Die Schuld ist kassiert, ich finde keine Spur davon in meinen Büchern, und selbst, wie ich schon sagte, wenn es wäre. Auch will ich Ihm helfen, wie ich versprach, mit Rat und That, mit Freundschaft und Geld, soviel Er nur billigerweise verlangen kann. Aber mein Kind laß Er aus dem Spiele, und darum verbitt' ich mir in Zukunft Seine Gegenwart in meinem Hause. Auch mag sie Ihn gar nicht, so wie ich sie kenne. Sprich, Sophie, wärst du wohl im stande, dich mit einem solchen Thunichtgut einzulassen?«

»Ich mag gar noch nicht heiraten«, sagte Sophie, »und diesen wohl am wenigsten, der zu allen Dingen in der Welt besser als zu einem Ehemann paßt.« Halb schmerzhaft und doch lächelnd warf sie dem Jüngling einen scheidenden Blick zu und verließ den Saal. »Sophie!« rief Eduard aus und wollte ihr nacheilen; »wie kannst du diese Worte sprechen?« Der Alte hielt ihn am Kleide fest und machte Miene, ihm noch eine lange Ermahnung zu halten; doch Eduard, der nun die Geduld völlig verloren hatte, nahm seinen Hut, stellte sich vor den Vater und sagte mit einer Stimme, die von Zorn und Schluchzen unterdrückt war: »Ich gehe, alter Herr, und komme nicht, merken Sie sich das! in Ihr Haus zurück, bis Sie mich rufen lassen, bis Sie mich selber wieder hieher zurückrufen! Ja, bis Sie mich inständig bitten, Ihre Wohnung nicht zu verschmähen! Es kann mir nicht fehlen; Talente, gute Aufführung, Kenntnisse, sie bahnen mir den Weg zu den höchsten Ehrenstellen. Dem Prinzen bin ich schon empfohlen. Das ist aber nur die erste und kleinste

Staffel meines Glücks! Ganz andre Wege müssen sich mir eröffnen. Und wenn dann die Stadt es sich zur Ehre rechnet, mich geboren zu haben, wenn ich diese jetzige Stunde ganz vergessen habe, dann sende ich irgend einen Vertrauten von Ansehn zu Ihnen und lasse unter der Hand anfragen, wie es um Ihre Tochter steht: dann fallen Sie aus den Wolken, daß ich noch an Sie denke, Sie falten andächtig die Hände, daß sich Ihnen die Möglichkeit zeigt, einen solchen Schwiegersohn zu erhalten und so, gerade so wird es kommen, und auf diese Weise werde ich Sie zwingen, mir Ihre Tochter zu geben.«

Er stürzte fort, und der Vater sah ihm mit zweifelndem Blicke nach und murmelte: »Nun ist er gar verrückt geworden.«

Im Freien, als dem jungen Manne ein heftiges Schneegestöber entgegenschlug, verkühlte sich seine sonderbare Hitze; er mußte über seine Heftigkeit und jene unsinnigen Reden erst lächeln, dann laut lachen, und als er sich in seiner Wohnung befand, kam er beim Umkleiden völlig zur Besinnung. Dieser Tag war für ihn von der höchsten Wichtigkeit, denn die Stunde war jetzt da, in welcher er sich dem Prinzen, der unterdessen, wie man ihm gesagt hatte, angelangt war, vorstellen sollte. Die Kleider, welche er jetzt anlegte, hatte er lange nicht getragen, mit solcher Aufmerksamkeit hatte er sich noch nie im Spiegel betrachtet. Er musterte seine Gestalt und konnte sich nicht verhehlen, daß er gut gewachsen, daß sein Auge feurig, sein Gesicht anmutig und die Stirne edel sei. »Mein erster Anblick«, sagte er zu sich selbst, »wird ihm wenigstens nicht mißfallen. Alle Menschen, selbst diejenigen, die mich nicht leiden können, loben mein gewandtes und feines Betragen; ich habe manche Talente und Kenntnisse, und was mir mangelt, kann ich bei meiner Jugend, bei meinem trefflichen Gedächtnisse leicht nachholen. Er wird mich lieb gewinnen, und bald werde ich ihm unentbehrlich sein. Der Umgang mit der großen Welt wird nach und nach alles das wegschleifen, was mir noch von schlechten Gesellschaften anhängen mag. Reife ich nun auch mit ihm und muß mich etwa ein Jahr oder selbst noch länger von hiesiger Gegend entfernen, so dient dies auch in fremden Ländern nur um so mehr dazu, mich in seiner Gunst recht festzusetzen. Wir kommen dann zurück; meiner Bildung, meinen Ansprüchen kommen durch seine Protektion die ansehnlichsten Stellen hier oder auch im Auslande entgegen, und ich werde gewiß alsdann nicht vergessen haben, daß es doch Sophie eigentlich war, die mein besseres Selbst zuerst aus seinem Schlaf erweckte.«

Er war nun angekleidet und so trunken von seinen Hoffnungen, daß er es nicht merkte, wie er wieder die nämlichen Worte vor sich selber aussprach, über welche er sich vorhin verlacht hatte. Er nahm die ganz erblühte Monatsrose aus dem Glase und drückte sie, um sich zu seinem Gange zu stärken, an den Mund, aber zugleich fielen ihm alle ihre Blätter vor die Füße. »Eine üble Vorbedeutung!« seufzte er und ging aus dem Hause, um in den Wagen zu steigen.

Als er im Palast angelangt war, gab er dem Bedienten den Brief, welcher ihn dem Prinzen empfehlen sollte. Zudem er den Spiegelwänden vorüber spazierte, kam zu seiner Verwunderung der junge Dietrich aus einem Seitenzimmer in verstörter Eile und bemerkte anfangs seinen Befreundeten nicht. »Wie kommen Sie hieher?« fragte Eduard hastig. »Kennen Sie den Prinzen?« »Ja nein« stotterte Dietrich, »es ist eine sonderbare Sache die wohl ich will es Ihnen erzählen, aber freilich wird hier keine Zeit dazu sein.«

Dies war in der That der Fall, denn eine geschmückte, in Juwelen prangende Dame schritt mit vornehmem Anstande herein und vertrieb den jungen Maler, der sich mit ungeschickten Verbeugungen entfernte, Eduard stand still, als die glänzende Erscheinung ihm näher kam; er wollte sich verneigen, aber sein Erstaunen lähmte seine Bewegung, als er in ihr jene Schöne plötzlich erkannte, die zum Nachteil seines Rufes so lange in seinem Hause gewohnt und mehr als alle seine Verirrungen sein Vermögen verringert hatte. »Wie!« rief er aus »du selbst Sie, hier in diesen Zimmern?«

»Und warum nicht?« fagte sie lachend. »Es wohnt sich gut hier. Du merkst doch wohl, mein Freund, daß ich, wie einst deine Freundin, so jetzt die Freundin des Fürsten bin, und wenn du etwas bei ihm suchst, so kann ich dir Ungetreuem vielleicht beförderlich sein, denn er hat mehr Gemüt als du, und auf seine fortdauernde Gunst kann ich sicherer zählen, als es mir mit deinem Flattersinn gelingen wollte.«

Eduard mochte die freundliche Schöne in dieser Stunde nicht daran erinnern, daß sie sich zuerst von ihm entfernt hatte, als sie gesehen, daß sein Vermögen verschwendet war; er entdeckte ihr seine Lage und seine Hoffnungen, und sie versprach, sich mit dem besten Eifer für ihn zu verwenden. »Sei nur ruhig, mein Freund«, so beschloß sie ihre Versicherungen, »es kann und soll dir nicht fehlen, und dann wird es sich ja zeigen, ob du noch ein Fünkchen Liebe in deinem kalten Herzen für mich aufbewahrt hast. Nur mußt du vorsichtig sein und in seiner Gegenwart fremd gegen mich thun, damit er nie erfährt oder merkt, daß wir uns schon sonst gekannt haben.«

Mit einem flüchtigen Kuß, wobei die geschminkte Wange ihm einen lebhaften Widerwillen erregte, verließ sie ihn, und Eduard ging mit dem größten Mißbehagen im Saale auf und ab, da sich alles so ganz anders gestaltete, als er es sich vorgebildet hatte. Dieses Wesen, welches er hassen mußte, in seiner neuen Umgebung zu finden, schlug alle seine Hoffnungen nieder, und er nahm sich fest vor, ihren Netzen und Lockungen zu entgehen, und wenn diese seine Tugend ihm auch die grüßten Nachteile bringen sollte.

Indem öffnete sich die Thüre, und jener ihm so widerwärtige Unbekannte trat mit seinem hoffärtigen Gange und stolzer Gebärde herein.

Eduard ging ihm entgegen und sagte: »Vielleicht gehören Sie zum Gefolge Seiner Durchlaucht und können mir melden, ob ich jetzt die Ehre haben kann, ihm meine Aufwartung zu machen.«

Der Fremde stand still, sah ihn an, und nach einer Pause antwortete er in kaltem Tone: »Das kann ich Ihnen freilich sagen, keiner besser als ich.« Eduard erschrak, da er den Empfehlungsbrief in seinen Händen bemerkte. »Will mich der Prinz nicht sprechen?« fragte er bestürzt. »Er spricht mit Ihnen«, antwortete jener und mit so höhnendem und wegwerfendem Tone, daß der junge Mann alle Fassung verlor. »Ich halte mich schon seit einiger Zeit in dieser Stadt auf«, fuhr der vornehme Fremde fort, »und habe Gelegenheit gefunden, Menschen und Verhältnisse durch mein Inkognito kennen zu lernen. Wir sind uns auf eine etwas sonderbare Art nahe gekommen, und wenn ich auch jenen Schritt, von dem Sie wohl selbst wissen, daß er kein ganz unschuldiger war, entschuldigen könnte, so hat er mir doch ein gerechtes Mißtrauen gegen Ihren Charakter eingeflößt, so daß ich unmöglich Ihnen eine Stelle einräumen kann, die uns in eine vertrauliche Nähe rücken würde. Ich gebe Ihnen also diesen Brief zurück, den ich, trotz seiner warmen Empfehlung, und obwohl er aus höchst achtungswürdigen Händen kommt, nicht berücksichtigen kann. Insofern Sie mich persönlich beleidigt haben, ist Ihnen, da Sie mich nicht kannten, völlig vergeben, und Ihre jetzige Beschämung und Verwirrung ist mehr als hinlängliche Strafe. Ein junger Mann verließ mich eben, von dem ich ein ziemlich wohlgeratenes Bild gekauft habe, und welchem ich auch einige Warnungen und gute Lehren für seine Zukunft mitgegeben habe. Ich sehe, daß unser Zusammentreffen Sie etwas zu sehr erschüttert, und da Sie vielleicht auf jene Stelle schon mit zu großer Sicherheit gerechnet hatten und wohl in augenblicklicher dringender Verlegenheit sind, so empfangen Sie diesen Ring zu meinem

Andenken und zum Zeichen, daß ich ohne allen Groll von Ihnen scheide.«

Eduard, welcher indes Zeit gehabt hatte, sich wieder zu sammeln, trat mit Bescheidenheit einen Schritt zurück, indem er sagte: »Rechnen Sie es mir, durchlauchtiger Prinz, nicht als Stolz und Übermut an, wenn ich dieses Geschenk, welches mir unter andern Umständen höchst ehrenvoll sein würde, in dieser Stunde ausschlage. Ich kann Ihre Art nicht mißbilligen, und Sie erlauben mir gewiß, ebenfalls meinem Gefühle zu folgen.«

»Junger Mann«, sagte der Prinz, »ich will Sie nicht verletzen, und da Sie mir Achtung abzwingen, so muß ich Ihnen auch noch sagen, daß wir uns, ungeachtet der sonderbaren Art, unsre Bekanntschaft zu machen, vereinigt hätten, wenn nicht eine Person, die ich achten und der ich glauben muß, und welche Sie vorhin in diesem Saale traf, mir so viel Nachteiliges von Ihnen gesagt und mich dringend ersucht hätte, auf den Brief keine Rücksicht zu nehmen.«

»Ich werde«, sagte Eduard wieder ganz heiter, »dem Beispiele dieser Dame nicht folgen und sie wieder anklagen, noch mich über sie beklagen, da sie gewiß nur ihrer Überzeugung gemäß gesprochen hat. Wenn mir aber Ihre Durchlaucht die Gnade erzeigen wollen, das Bild des jungen Dietrich sowie einige Ihrer andern Gemälde zu zeigen, so werde ich mit der größten Dankbarkeit von Ihnen scheiden.«

»Es freut mich«, antwortete der Prinz, »wenn Sie Interesse an der Kunst nehmen; ich habe zwar nur weniges hier, aber ein Bild, das ich vor einigen Tagen so glücklich war, zu dem meinigen zu machen, wiegt allein eine gewöhnliche Sammlung auf.«

Sie traten in ein reich verziertes Kabinett, wo an den Wänden und auf einigen Staffeleien ältere und neuere Bilder sich zeigten. »Hier ist der Versuch des jungen Mannes«, sagte der Prinz, »welcher allerdings etwas verspricht, und ob ich gleich dem Gegenstande keinen Geschmack abgewinnen kann, so ist doch die Behandlung desselben zu loben. Die Färbung ist gut, wenn auch etwas grell, die Zeichnung ist sicher und der Ausdruck rührend. Nur sollte man die Marien mit dem Kinde endlich zu malen aufhören.«

Der Prinz zog einen Vorhang aus, stellte Eduard in das rechte Licht und rief: »Sehn Sie aber hier dies gelungene, herrliche Werk meines Lieblings, des Julio Romano, und erstaunen Sie und entzücken Sie sich!«

Mit einem lauten Ausrufe und mit einem höchst freudigen, ja lachenden Gesicht mußte Eduard in der That dies große Bild begrüßen; denn es war das wohlbekannte Machwerk seines alten Freundes, an welchem dieser schon seit einem Jahre gearbeitet hatte. Es war Psyche und der schlafende Amor. Der Prinz stellte sich zu ihm und rief: »Daß ich diesen Fund gethan habe, bezahlt mir allein schon die Reise hieher! Und bei jenem alten, unscheinbaren Manne habe ich dies Kleinod angetroffen! Ein Mann, welcher selbst als Künstler keine unbedeutende Rolle spielt, aber doch bei weitem nicht so erkannt wird, wie er sollte. Er besaß das Gemälde schon lange und wußte, daß es vom Julio sei; indessen da er nicht alles gesehen hat, so waren ihm immer noch einige Zweifel geblieben, und er war erfreut, von mir so viele nähere Umstände von diesem Meister und seinen Werken zu erfahren. Denn freilich hat er Sinn, der Alte, und weiß wohl ein solches Juwel zu würdigen; aber er ist nicht in alle Trefflichkeiten des Malers eingedrungen. Ich würde mich geschämt haben, seine Unkenntnis zu benutzen, denn er forderte für diese herrliche Arbeit, zu der er auf sonderbare Weise gekommen ist, einen zu mäßigen Preis; ich habe diesen erhöht, um die Zierde meiner Galerie auch auf eine würdige Art bezahlt zu haben.«

»Er ist glücklich«, sagte Eduard, »der verkannte alte Mann, einen solchen Kenner und edlen Beschützer zum Freunde gewonnen zu haben; vielleicht ist er im stande, die Galerie Eurer Durchlaucht noch mit einigen Seltenheiten zu vermehren, denn er besitzt in seiner dunklen Wohnung manches, was er selbst nicht kennt oder würdigt, und ist eigensinnig genug, seine eigenen Arbeiten oft allen älteren vorzuziehn.«

Eduard empfahl sich, ging aber nicht sogleich nach Hause, sondern eilte, so leicht bekleidet er auch war, nach dem Park, rannte lustig durch die abgelegenen, mit Schnee bedeckten Gänge, lachte laut und rief: »O Welt! Welt! Lauter Fratzen und Albernheiten! O Thorheit, du buntes, wunderliches Kind, wie führst du deine Lieblinge so zierlich an deinem glänzenden Gängelbande! Lange lebe der große Eulenböck, er, der trefflicher als Julio Romano oder Raffael ist! Habe ich doch nun auch einmal einen Kenner kennen gelernt.«

*

Eduard hatte nun Anstalten zu dem lustigen Abend gemacht, welchen er mit Eulenböck verabredet hatte. Vor kurzem war ihm dieser Tag als ein lästiger erschienen, den er nur bald hinter sich zu haben wünschte; jetzt aber war seine Stimmung so, daß er sich auf diese Stunden der Betäubung freute, weil er meinte, daß sie für lange Zeit seine letzten vergnügten sein würden. Gegen Abend erschien der Alte und schleppte mit einem Diener zwei Körbe mit Wein herbei. »Was soll das?« fragte Eduard; »ist es denn nicht ausgemacht, daß ich Euch bewirten soll?« »Das sollst du auch«, sagte der Alte, »nur bringe ich einigen Vorrat zum Sukkurs, weil du die Sache doch eigentlich nicht verstehst, und weil ich auch an diesem Abend recht ausgelassen sein will.«

»Ein trauriger Vorsatz«, erwiderte Eduard, »lustig sein zu wollen, und dennoch habe ich ihn auch gefaßt, mir und meinem Schicksal zum Trotz.«

»Sieh da«, sagte Eulenböck lachend, »hast du auch ein Schicksal? Das hab' ich gar nicht einmal gewußt, junger Bursche; mir schien das Wesen sich immer höchstens zum Verhängnis hin zu neigen. Aber vornehmer ist das andere ohne Zweifel, und vielleicht wird es noch zum Geschick, wenn du erst etwas klüger geworden bist. Ja, ja, Freund, Geschick, das ist es, was den meisten Menschen fehlt, Verstand, Umstände zu nutzen oder sie hervorzubringen, und darüber geraten sie ins Schicksal oder gar in das noch fatalere Verhängnis, wo sich dann nicht immer eine christliche Hand findet, sie wieder los zu schneiden.«

»Du bist unverschämt«, rief Eduard aus, »und glaubst witzig zu sein, oder du hast dir gar schon einen Rausch getrunken.«

»Kann sein, mein Kind«, schmunzelte jener, »und wir wollen bald die Anstalten treffen, mich wieder nüchtern zu machen. Unser gutes Prinzchen hat mich in eine Art von Wohlstand versetzt, der, wenn ich Vernunft habe, ein dauernder sein kann; denn er protegiert mich trefflich, wird mir noch mehr abkaufen und auch Sachen von meinem eignen Pinsel malen lassen. Er meint, ich wäre hier in dieser Stadt nicht an meiner Stelle, man erkenne mich nicht genug an, und es mangle mir an Aufmunterung. Vielleicht nimmt er mich mit und bildet mich noch zum echten Künstler aus, denn ei hat den besten Willen dazu und ich gerade Sinn und Talent genug, um ihn zu verstehn und mir von ihm raten zu lassen.«

»Schelm, der du bist!« sagte sein junger Freund; »ich habe lachen müssen, daß du deinen Julio Romano so vorteilhaft verkauft hast; aber ich möchte denn doch nicht an deiner Stelle sein.«

Der Alte ging auf ihn zu, sah ihn starr an und sagte: »Und warum nicht, Kleiner? Wenn du nur die Gabe dazu hättest! Jeder Mensch malt und pinselt an sich herum, um sich für besser auszugeben, als er in der That ist, und für ein wunderbares, künstliches Original zu gelten, da die meisten doch nur geschmierte Kopieen von Kopieen sind. Hättest du meinen Gönner das Bild nur analysieren hören, da hättest du etwas lernen können! Nun verstehe ich erst alle die Kunstabsichten des Julio Romano; du glaubst nicht, wie viel Treffliches ich an dem Bilde übersehen hatte, wie viele Stellen seines markigen Pinsels. Ja, es ist eine Freude, einen solchen Künstler so recht zu durchdringen, und wenn man ihn ganz und in allen seinen Teilen zugleich faßt, so überschleicht uns im vollständigen Gefühl seines hohen Wertes eine wohlthätige Empfindung, als hätten wir auch an seiner Herrlichkeit einigen Anteil; denn ein Kunstwerk ganz verstehen, heißt, es gewissermaßen erschaffen. Wie großen Dank bin ich meinem erlauchten Gönner und Kenner schuldig, daß er mir auch außer dem Gelde noch eine solche Fülle von Künstlerweihe zufließen läßt.«

»Wenn ich ihn nicht an der Tafel hätte malen sehen«, rief Eduard lächelnd aus, »so könnte er mich glauben machen, das Bild sei ein echtes!«

»Was hast du gesehen?« antwortete im Eifer der Alte; »was verstehst du von der Magie der Kunst und jenen unsichtbaren Geistern, die sich durch die Farbe und Zeichnung herbeiziehn und verkörpern lassen? Das sind eben Geheimnisse für den Laien. Glaubst du denn, man malt nur, um zu malen, und daß es mit Palette, Pinsel und dem guten Vorsatze genug sei? O teurer Gelbschnabel, da müssen noch gar wunderbare Konjunkturen, astralische Einflüsse[35] und Wohlwollen mannigfaltiger Geister zusammentreffen, um etwas Rechtschaffenes zu stande zu bringen! Hast du es noch niemals erlebt, daß ein feinsinniger, tiefdenkender Künstler sein Tuch und Netz ausspannt und seine Pinsel in die besten Farben taucht, um das schönste Ideal in sein Netz zu locken und hinein zu kitzeln? Er hat sich redlich vorgenommen, einen Apollo zu malen, er streicht und tuscht und wischt und bürstet und lächelt verliebt und mit süßester Freundlichkeit die Kreatur an, die aus dem Nichts und Nebel hervorgehen soll, und wenn es nun fertig ist, siehe da, so hat sich in alle die künstlichen Netze ein wahrer Lümmel eingefangen, der aus der arkadischen Landschaft uns zähnefletschend entgegengrinst! Nun kommen die Unverständigen und schreien und toben: der Malerkerl hat kein Talent, er hat die Antike nicht gehörig verstanden, er hat statt eines Ideals ein Schmierial hervorgebracht, und was dergleichen unverdaute Urteile mehr ausgestoßen werden. So wird alsdann das gerührte Herz des Künstlers verkannt, dem sich ein wahrer Teufel, eine Höllenbrut statt eines Himmelsengels in seiner künstlichen Krebsreuse[36] gefangen hat. Denn auch diese Geister streifen herum und lauern nur darauf, wo sie sich verkörpern können. Bildwerke, die etwa untergehn, treiben sich oft lange geängstigt im leeren Raume um, bis ein freundlicher und der Sache gewachsener Mann ihnen wieder Gelegenheit verschafft, sichtlich herabzusteigen. Es hat mich Mühe genug gekostet, dieses Gedichts des trefflichen römischen Malers wieder habhaft zu werden; es erfordert mehr Studium, als du daran wandtest, wenn du in der Jugend dem Nachbar seine Tauben wegfingst. Wenn du der Meinung bist, daß der Mensch, um eine heilige Geschichte zu malen, nicht seine ganze Andacht dem Gegenstände entgegenbringen muß, so bist du sehr im Irrtum, aus dem dich unser junger Freund, der talentvolle Dietrich, am ersten reißen könnte.«

Dietrich, welcher eingetreten war und nur die letzte Äußerung gehört hatte, nahm sogleich Gelegenheit, diesen letzten Satz weitläufiger auszuführen. Indessen ließ Eulenböck decken und stellte die Weine in die Ordnung, nach welcher sie genossen werden soll-

---

[35] Einflüsse der Gestirne.

[36] Reuse, eine Art Netz, aus Rohr geflochten.

ten; nachher wandte er sich mit der Frage an Eduard: »Und was denkst du nun in Zukunft anzufangen?«

»Fürs erste nicht viel«, antwortete dieser; »indessen will ich meine vernachlässigten Studien wieder anknüpfen und fortsetzen und mich vorzüglich mit Geschichte und den neuern Sprachen beschäftigen. Ich schränke mich ein, vermiete die übrigen Teile meines Hauses, welches mir doch ohne Nutzen leer steht, und behalte nur diesen kleinen Saal und die angrenzenden Zimmer. So hoffe ich, ohne Sorgen, bei einer vernünftigen Lebensart, über die ersten Jahre hinüber zu kommen und mich indes zu irgend einem Amte tauglich gemacht zu haben.«

»Hier also wird dein Museum sein?« sagte Eulenböck, indem er mit dem Kopfe schüttelte. »Diese Einrichtung will mir gar nicht gefallen, denn ich glaube nicht, daß diese Wände dazu geeignet sind, um hier gehörig studieren zu lassen, denn sie haben nicht die gehörige Resonanz, das Zimmer selbst hat nicht die wahre Quadratur, die Gedanken schlagen zu heftig zurück und verschwirren, und wenn du einmal eine rechte Fuge denken willst, so klappert gewiß alles durcheinander. Dein seliger Papa war auch darin wunderlich, noch in seinen letzten Jahren diesen schönen Saal durch seinen Eigensinn so zu verderben. Sonst sah man die Straße auf der einen Seite, und hier auf der andern über den Garten und den Park hinweg in die Hügel und fernen Berge hinein. Diese schöne Aussicht hat er nicht nur zumauern lassen, sondern auch noch die Fensteröffnungen mit Bohlen und Täfelung weit herein verbaut und so das Ebenmaß des Zimmers gestört. An deiner Stelle riss' ich das Wesen, Tapeten und Vertäfelung, wieder auf und ließe, wenn doch einmal Fenster fehlen sollen, jene nach der Straße vermauern.«

»Es war kein Eigensinn«, sagte Eduard, »es geschah, da er hier am liebsten wohnte, seiner Gesundheit wegen; der Morgenwind von hier schadete ihm und erregte ihm Gichtschmerzen. Konnte er doch in den andern Zimmern die grüne Aussicht genießen.«

»Wäre nur der alte Walther kein Narr«, fuhr Eulenböck fort, »so wäre dir leicht geholfen. Er könnte dir das Mädchen geben, die ja doch versorgt werden muß, und alles wäre wieder in Ordnung!«

»Schweig!« rief Eduard mit der größten Heftigkeit aus; »nur heute laß mich vergessen, was ich hoffte und träumte. Ich mag nicht mehr an sie denken, seit ich zu meinem Entsetzen fühlte, daß ich sie liebe. Ich will es mir nicht wiederholen, wie albern und thöricht ich mich gegen den Vater betrug; nichts soll mir heut' einfallen, auch ihre unbegreifliche Aufführung nicht. Nein, es gab ein herrliches Glück für mich, ich habe es zu spät erkannt; das ist die Strafe meines Leichtsinns, daß ich auf ewig darauf verzichten muß! Wie ich aber ohne sie leben soll, muß ich erst von der Zukunft lernen.«

Indem trat der junge Mensch herein, der bis jetzt Eduards Bibliothekar vorgestellt hatte. »Hier ist der Katalog, welchen Sie befohlen hatten«, sagte er, indem er dem beschämten Jünglinge einige Blätter überreichte. »Wie?« rief dieser aus, »nicht mehr als nur etwa sechshundert Bände sind noch von der schönen Sammlung übrig? Und unter diesen nur die gewöhnlichsten Werke?« Der Bibliothekar zuckte mit den Achseln. »Da Sie mir gleich vom Anbeginn«, erwiderte er, »meinen Gehalt in Büchern ausgezahlt haben, so mußte ich diejenigen nehmen, die am ersten Käufer fanden; auch bin ich nicht genug Kenner von Seltenheiten und habe diese wohl nicht genug gewürdiget; außerdem haben Bücher, vorzüglich Raritäten, zu verschiedenen Zeiten einen ungleichen Wert, und ist der Verkäufer gedrängt, um eine Summe zu erhalten, so muß er fast nehmen, was ihm geboten wird.«

»So hätt' ich also«, sagte Eduard halb in Wehmut, halb mit Lachen, »gewiß besser gethan, gar keinen Bibliothekar anzunehmen oder die Sammlung gleich anfangs zu verkaufen, dann hätte ich Geld dafür gehabt oder die Bücher behalten. Und welche Sammlung! Mit welcher Liebe hat sie mein Vater gehegt! Welche Freude war es ihm, als er den seltnen Petrark, die erste Ausgabe des Dante und Boccaz[37] erhielt! Wie könnt' ich es vergessen, daß sich in den meisten Büchern Nachweisungen von seiner Hand finden! Wie wollt' ich diese Werte ehren, wenn ich sie noch besäße! Übrigens, da ich keine Bibliothek mehr habe, werden Sie ermessen, wie ich Ihnen auch schon neulich meldete, daß ich keines Bibliothekars mehr bedarf. Indessen wollen wir heut' noch miteinander fröhlich sein.«

Jetzt trat auch der Mann herein, der oft an den wilden Gelagen teilgenommen hatte, und den sie wegen seiner Gesinnungen immer

---

[37] Giovanni Boccaccio (1313-1375);s eine Novellensammlung, Decamerone« wurde zuerst gedruckt in Venedig 1471.

nur den Pietisten nannten. Sie hatten ihm diesen Namen beigelegt, weil er nie in die heitern Scherze oder ausgelassene Fröhlichkeit der andern stimmte, sondern unter Murren und moralischen Betrachtungen seinen Anteil am Mahle verzehrte. »Nun fehlt nur noch das Krokodil«, rief Eulenböck aus, »so sind wir beisammen.« Dies war ein kleiner hypochondrischer Buchhalter, blaß und eingeschrumpft, aber einer der größten Trinker. Den sonderbaren Namen hatten sie ihm beigelegt, weil er alsbald, sowie ihn der kleinste Rausch anwandelte, in Thränen ausbrach und diese um so reichlicher vergoß, je länger das Gelag dauerte und je ausgelassener die übrigen waren. Die Thüre öffnete sich, und die Jammergestalt machte den wunderlichen Kreis der Gäste vollständig.

Die Tafel war mit Trüffelpasteten, Austern und andern Leckerbissen bedeckt; man setzte sich, und Eulenböck, dessen purpurrotes Gesicht zwischen den Kerzen einen ehrwürdigen Schein von sich gab, begann auf feierliche Weise also: »Meine versammelten Freunde! Ein Unwissender, der plötzlich in diesen Saal träte, könnte von diesen Anstalten, die den Schein eines Festes haben, verleitet werden, im Fall er die Mitglieder dieser Gesellschaft nicht näher kennen sollte, die Meinung zu fassen, es sei hier aus Schwelgerei, Trinken, Tumult und ausgelassene Lustigkeit, die nur der rohen Menge ziemt, angelegt worden. Selbst ein junger Künstler, Dietrich mit Namen, der zum erstenmal unter uns an diesem Tische sitzt, läßt verwundernde Blicke auf die Menge dieser Flaschen und Gerichte, auf diese Gansleberpastete, auf diese Austern und Muscheln und auf den ganzen Apparat einer Feierlichkeit schießen, der ihm hier einen übertriebenen sinnlichen Genuß zu versprechen scheint, und auch er wird sich wundern, wenn er erfährt, wie alles dies so ganz anders und im entgegengesetzten Sinne gemeint sei. Meine Herren, ich bitte, acht zu geben und meine Worte nicht zu leicht in das Ohr fallen zu lassen. Wenn Länder die Geburt eines Prinzen feierlich begehn, wenn in Arabien ein ganzer Stamm sich festlich freut, indem sich ein Dichter in ihm gezeigt und hervorgethan hat, wenn die Installation des Lord-Mayor mit einem Schmause verherrlicht wird, ja wenn man die Geburtsstunde der Pferde von echter Rasse nicht unbillig auf nachdenkliche Weise auszeichnet: so liegt es uns ja wohl noch näher (um nicht mit einem Antiklimax[38] zu schließen), aufzuschauen, gerührt zu sein und etwa mit Gläsern anzustoßen, wenn das Unsterbliche sich uns zeigt, wenn die Tugend uns würdigt, körperlich vor uns zu erscheinen. Ja, meine Freunde, gerührten Herzens spreche ich es aus, ein junger angehender Tugendhafter ist unter uns, der noch heut' Abend sich als eingepuppter Schmetterling durchbeißen und seine Schwingen im neuen Leben entfalten wird. Es ist niemand anders als unser edler Wirt, der uns so manchen Schmaus gegönnt, so manches Glas eingeschenkt hat. Aber ein feuriger Vorsatz, abgerechnet, daß er selbst auf dem Trocknen sitzt, jener Impetus der Begeisterung, von dem schon die Alten sangen, reißt ihn nun von uns in lichte Höhen hinauf, und wir, von diesem Tisch und Flaschen und Schüsseln, seiner irdischen Grabesstätte, schauen ihm schwindelnd nach, staunend, welchen fremden Regionen er nun zusteuern wird. Ich sage euch, Teuerste, er wälzt unendlich viele und treffliche Entschlüsse in seinem Busen; und was kann der Mensch, selbst der schwächste und unansehnlichste, nicht entschließen! Habt ihr es wohl je schon erwogen (aber in euerm Leichtsinn denkt ihr nicht an dergleichen), daß in einer unscheinbaren Mappe, wenn sie nur etwa hundert gezeichnete Landschaften enthält, sich eine Strecke von tausend Meilen verbergen kann, und daß sie selbst doch nicht mehr Raum einnimmt als ein mäßiger Foliant? Denn Perspektive liegt dort neben Perspektive, und Berg und Thal und Fluß und weite, unendliche Aussichten. So mit den Vorsätzen! So schwächlich unser Pietist oder Herr Dietrich aussieht, so können sie doch gewiß an guten Entschlüssen mehr als zehn Elefanten oder zwanzig Kamele tragen. Wie schwach ich selbst in dieser Tugend bin, weiß ich am besten und daher meine Verehrung vor denen, an welchen ich diese Kräfte wahrnehme.

»Da wir nun nicht alle der Begeisterung fähig sind, so sitzen wir hier an diesem Tische wie an einem Kreuzwege, an welchem sich viele Straßen in mannigfaltigen und entgegengesetzten Richtungen scheiden. Aus dergleichen Hauptstationen pflegen auf pyramidalischer Säule die Entfernungen der Städte nach allen vier Weltgegenden verzeichnet zu stehn. So mag es auch hier, in einem nicht uner-

---

[38] Die Klimax ist in der Rhetorik eine steigernde Anordnung der Begriffe, Antiklimax gewissermaßen das Gegenteil davon, so daß die Begriffe in absteigender Weise geordnet sind.

freulichen Bilde, gelten. Diese Austern führen, übermäßig genossen, zur Krankheit, dieser Burgunder nach einigen Stationen zu roten Nasen, diese Trüffeln und was ihnen anhängt zu Wassersucht, Magenkrampf und ähnlichen Übeln. Unser Eduard aber, alles dies verschmähend, wandelt zur Tugend. So fahre denn wohl auf deinem einsamen Pfade, und wir, die wir entzündete Gesichter, dicke Bäuche und kurzen Atem nicht so sehr scheuen, gehn unsre Straße fort. Aber auch ich werde euch bald verlassen, Teuerste; ein edler Unbekannter, den ich euch noch nicht nennen darf, wird mein Kunstgenie zu den höchsten Leistungen begeistern, er wird mich in fernen Regionen einer idealischen Weihe empfänglich machen und sozusagen vergeistigen. Unser frommer, gemütlicher Dietrich, den wir kaum kennen lernten, wandelt den Kunstdom entlang und schmückt die vaterländischen Altäre. Was soll ich von dir sagen, Bibliothekar, der du vor den leeren Bücherschränken stehst und die Werke nicht bloß gelesen, sondern buchstäblich verschlungen hast? O du verlesener Mensch, du von der Sekte des muselmännischen Omar, Kienraupe der Bibliotheken,[39] Verwüster der Schriften, der du eine neue alexandrinische Sammlung bloß durch die treffliche neue Erfindung, dein Salar nicht geistig, sondern wirklich aus den Schriften zu ziehn, verrichten könntest! Alle Buchhändler des römischen Reiches sollten dich umhersenden, um mit deiner zerstörenden Kraft die Sammlungen zu zerstieben und neue Werte notwendig zu machen. Du, mehr als Rezensent und schlimmer als Saturnus,[40] der doch nur verzehrte, was er selbst erzeugt: wo sind sie, deine Untergebenen, deine Mündel, die mit goldnem Rücken und Schnitt dich so freundlich anlachten? Versilbert hast du sie alle und schon nach wenigen Jahren deine silberne Hochzeit mit ihnen gefeiert. Lebe denn wohl, auch du, Pietist, redlichster unter den Sterblichen, du Hasser aller Poesie und Lüge! Reich' mir die Hand zum Abschied, armes Krokodil, das schon in Thränen schwimmt; im

---

[39] Amru, Feldherr des Kalifen Omar, soll (wie früher fälschlich behauptet wurde) die Schuld am Brande der berühmten Bibliothek von Alexandria (641) tragen. Kienraupe, Raupe des Kiefernspinners, die ganze Waldungen durch ihre Gefräßigkeit vernichtet.

[40] Saturnus (Kronos) verschlang nach dem Mythus seine eignen Kinder aus Furcht, sie würden ihm die Weltherrschaft rauben.

Sumpf einer Taverne mußt du künftig heulen. In einem bessern
Leben sehn wir uns alle wieder.«

Da Eduard nachdenkend war und Dietrich in der Gesellschaft
noch fremd, der Bibliothekar und Pietist keine Miene verzogen, so
herrschte während und nach der Rede ein tiefes Stillschweigen,
welches dadurch noch feierlicher wurde, daß der Buchhalter, der
schon manches Glas geleert hatte, schluchzte und jammerte.

»Heut' ist der Abend der heiligen drei Könige«, sagte Eduard,
»und wie es noch in manchen Gegenden Sitte ist, sich an diesem
Tage zu beschenken, so wünsche ich, daß meine bisherigen Genossen und Freunde auch diese Nacht in froher Geselligkeit mit mir
verbringen.«

»An diesem Abend«, fuhr Eulenböck fort, »ist es nicht unschick-
lich, einmal anders als gewöhnlich zu leben; daher waren sonst
Glücksspiele gebräuchlich, wenn sie auch übrigens verboten waren.
Und wie gut wäre es für dich, Freund Eduard, wenn heute auch
dein Glücksstern von neuem erwachte, daß dem verarmten Verschwender ein neues Vermögen beschert würde. Man hat wunderliche Erzählungen, wie verzweifelte Jünglinge sich in der Armut
haben in ihrem väterlichen Hause erhängen wollen, und siehe da,
der Nagel fällt mit dem Balken der Decke herab und mit beiden
zugleich viele tausend Goldstücke, die der vorsorgende Vater dort-
hin versteckt hatte. Beim Lichte besehen, eine dumme Geschichte.
Konnte der Vater denn wissen, daß der Sohn für das Hängen eine
besondere Vorliebe haben würde? Konnte er wohl berechnen, daß
der Körper des Desperaten noch schwer genug bleibe, den verbor-
genen Schatz durch sein Gewicht aufzudecken und herabzuziehn?
Konnte der verlorene Sohn nicht schon früher einen Kronenleuchter
dort anbringen wollen und das Geld finden? Kurz, tausend ge-
gründete Einwürfe kann die vernünftige Kritik diesem schlecht
erfundenen Märchen machen.«

»Ohne daß du immer wieder auf diesen Vorwurf zurück-
kommst«, sagte Eduard empfindlich, »schilt mein eignes Gewissen
meinen Leichtsinn und thörichte Verschwendung. Wären die Leidenschaften nicht unbändig, die ihren Stolz darein setzen, die Vernunft zu verhöhnen, so hätten die Moralprediger nur leichte Arbeit.
Es ist ganz begreiflich, wenn die armen Menschen glauben, von

bösen Geistern besessen zu sein. Denn wie soll man es erklären, daß man dem Schlimmen folgt, indem man das Bessere einsieht, ja daß wir oft zum letztern selbst in unsern wildesten Stunden mehr Trieb als zum Unrecht empfinden und dennoch, uns selbst zum Trotz, jeder Einsicht den Rücken kehren und schon vor der begangenen That von unserm Gewissen gequält werden? Es muß eine tiefgewurzelte Verderbnis in der menschlichen Natur sein, die sich auch nie ganz zum Edeln erziehn oder durch Pfropfreiser der Tugend umwandeln läßt.«

»So ist es«, sagte der Pietist; »der Mensch an sich taugt nichts, er ist gleich in der Schöpfung mißraten. Er kann nur geflickt werden, und die Lappen bleiben immer auf dem alten schäbigen Tuche sichtbar.«

»Jawohl«, seufzte das Krokodil, »es ist zu bejammern und immer wieder zu bejammern.« Die Thränen flossen ihm dicht aus den weinglühenden Augen.

»Als du mich zum erstenmal in jene Weinschenke führtest«, fuhr Eduard zum alten Maler gewendet fort, »machte es mir denn Freude, mich in dem Kreise dieser rohen und langweiligen Menschen zu sehn? Ich war beschämt, als der Herr der Schenke mir mit einer Ehrfurcht entgegenkam, als sei ich einer der Götter, vom Olymp herabgestiegen. Dergleichen Ehre war seinem Hause noch niemals widerfahren. Bald gewöhnte man sich an die Gegenwart meiner Herrlichkeit, und immer zog es mich wider meinen Willen in den Weinduft des Zimmers, in das schreiende Gespräch und an meine Wand hin, wie ein Zauber, der auch nicht riß, als die Gesichter des Wirtes und seiner Leute kälter, ja verdrossen wurden, als man mein Wort nicht mehr beachtete und geringere Gäste anständiger behandelte; denn durch meine Nachlässigkeit war ich schon in eine bedeutende Schuld geraten, um welche man mich mit grober Zudringlichkeit mahnte. Noch schlimmer ging es einem armen Lumpen, einem täglichen Gast, auf den man fast nie hörte, der oft verdorbenen Essig erhielt und sich doch nicht beschweren durfte; er war die Zielscheibe des witzigen Gesindes, der Gegenstand des Hohns und Mitleids der übrigen Fremden sowie seiner eignen furchtsamen Verachtung. Und so schlecht man ihn behandelte, mußte er doch teurer als alle bezahlen und ward betrogen, ohne klagen zu dürfen, indes sein Gewerbe versäumt ward und Frau und Kinder zu Hause schmachteten. In diesem Spiegel sah ich nun mein eignes Elend, und als einmal ein redlicher Handwerker von unbescholtenem Wandel dort zufällig einkehrte und von allen als eine seltene Erscheinung mit Hochachtung begrüßt wurde, erwachte ich endlich aus dem Schlummer meiner Ohnmacht, bezahlte, was nur meine Trägheit versäumt hatte, und suchte auch jenen Elenden zu retten, daß er nicht ganz versank. Aber so ist es, daß selbst diejenigen, die sich vom Leichtsinnigen und Taugenichts bereichern, diesen verachten und dem Würdigen, der ihnen aus dem Wege geht, ihre Ehrfurcht nicht versagen können. So habe ich meine Zeit und mein Vermögen unwürdig verschleudert, um Verachtung einzukaufen.«

»Sei still, Sohn«, rief Eulenböck, »du hast auch mancher armen Familie Gutes gethan.«

»Laß uns davon schweigen«, antwortete Eduard in Unmut; »auch das geschah ohne Sinn, sowie ich ohne Sinn Aufwand machte, ohne Sinn reisete, spielte und Wein trank und weder mir noch andern eine gute Stunde zuzubereiten verstand.«

»Das ist freilich schlimm«, sagte der Alte, »und was den lieblichen Wein betrifft, eine Sünde. Aber seid munter und trinkt, ihr wackern Gehülfen, damit auch der Wirt in die Stimmung komme, die ihm geziemt.«

Es bedurfte aber dieser Aufmunterung nicht, denn die Tischgesellschaft war unermüdet. Selbst der junge Dietrich trank fleißig, und Eulenböck ordnete an, wie die Weine aufeinander folgen sollten. »Heute gilt es!« rief er aus, »die Schlacht muß gewonnen werden, und der Sieger erzeigt den Besiegten keine Gnade. Seht in mein kriegerisches Antlitz, ihr jüngern Helden, hier hab' ich die rote Blutfahne dräuend ausgehängt, zum Zeichen, daß kein Erbarmen stattfinden soll! Nichts in der Welt wird so mißverstanden, Freunde, als der scheinbar einfache Aktus, den die Menschen so obenhin Trinken nennen, und keine Gabe wird so verkannt, so wenig gewürdiget als der Wein. Könnt' ich wünschen, der Welt einmal nützlich zu werden, so möcht' ich eine aufgeklärte Regierung dahin bewegen, einen eignen Lehrstuhl zu errichten, von wo herab ich die unwissende Menschheit über die trefflichen Eigenschaften des Weines unterrichtete. Wer trinkt nicht gern? Es gibt nur wenige Unglückselige, die das mit Wahrheit von sich versichern können. Aber es ist ein Erbarmen, anzusehn, wie sie trinken, ohne alle Applikation,[41] ohne Stil, Schatten und Licht, so daß sich kaum die Spur einer Schule findet; höchstens Kolorit, was die Übermütigen dann auch gleich sich und der Welt auf die Nase binden und zur Schau aushängen.«

»Und wie muß man es eigentlich anfangen?« fragte Dietrich.

»Anfangs«, erwiderte der Alte, »muß man durch stille Demut und einfachen Glauben, wie in allen Künsten, den Grund legen. Nur ja keine vorzeitige Kritik, kein spürendes, naseweises Schnüffeln, sondern ein edles, vertrauenvolles Dahingehen. Kommt der Schüler weiter, nun so mag er auch unterscheiden; und trifft der Wein nur Lehrbegier und Sitteneinfalt, so unterrichtet auch sein Geist von innen heraus und weckt mit dem Enthusiasmus zugleich das Verständnis. Nur nicht die Übung, als das Hauptsächlichste, hintangesetzt, keine leere Schwärmerei; denn nur die That macht den Meister.«

»O wie wahr!« seufzte der Buchhalter, indem er seinen Thränen keinen Einhalt that. »Worte«, fagte der Pietist, »die der gemeine Haufe goldne nennen würde.«

»Wäre das Trinken«, fuhr Eulenböck fort, »keine Kunst und Wissenschaft, so dürfte es auch nur einerlei Getränk auf Erden geben, so wie das unschuldige Wasser schon diese Rolle spielt. Aber der Geist der Natur versenkt sich auf lieblich anmutige Weise wechselnd und spielend hier und dort in die Rebe und läßt sich im wundersamen Ringen keltern und verklären, um über den magischen Weg der Zunge in unser Inneres zu steigen und dort aus altem Chaos alle glänzende Kräfte aus Betäubung und Schlummer aufzuwecken. ›Seht, da geht der Säufer!‹ O meine Freunde, so schalten und spotteten auch diejenigen, die die Eleusinische Weihe[42] nicht empfangen hatten. Mit dieser goldnen und purpurnen Flut ergießt sich und breitet sich in uns ein Meer von Wohllaut aus, und dem

---

[41] Das kunstmäßige Auftragen der Farben.

[42] Sie allein berechtigte zur Teilnahme an dem Geheimgottesdienst der Demeter (Ceres) in Eleusis bei Athen.

aufgehenden Morgenrot erklingt das alte Memnons-Bild,[43] das bis dahin stumm in dunkler Nacht gestanden hatte. Durch Blut und Gehirn rinnt und eilt frohlockend der holde Ruf: der Frühling ist da! Da fühlen alle die Geisterchen die süßen Wogen und kriechen mit lachenden Augen aus ihren finstern Winkeln hervor; sie dehnen die seinen kristallnen Gliederchen und stürzen sich zum Bade in die Weinflut und plätschern und ringen und steigen schwebend wieder heraus und schütteln die bunten Geisterschwingen, daß mit Gesäusel die klaren Tropfen von den Federchen fallen. Sie rennen umher und begegnen einander und küssen frohes Leben einer von des andern Lippen. Immer dichter, immer leuchtender wird die Schar, immer wohllautender ihr Gestammel: da führen sie gekränzt und hoch triumphierend den Genius herbei, der kaum mit den dunkeln Augen aus vollen Blumengewinden hervorschauen kann. Nun fühlt der Mensch die Unendlichkeit, die Unsterblichkeit; er sieht und fühlt die Millionen von Geistern in sich und ergötzt sich an ihren Spielen. Was soll man dann von den gemeinen Seelen sagen, die einem nachrufen: ›Seht! Der Kerl ist besoffen.‹ Was meinst du, redliches Krokodil?«

Der blasse Weinende reichte ihm die Hand und sagte: »Ach! Lieber, die Leute haben recht, und Ihr habt recht, und die ganze Welt hat recht. Was Ihr so prophetisch daher gekugelt habt, geht über mein Verständnis, aber ich bin selig in meiner tiefen Rührung. Wenn Leute in die Komödie gehn, um für ihr Geld zu weinen, so kommt mir das ganz abgeschmackt vor; mag es andern vergönnt sein, sich an hohen Gesinnungen und Thaten zu erheben und darüber Thränen zu vergießen, aber ich verstehe es nicht; doch, wenn solch guter Wein in mich hineingeht, so wirkt er wundersam, daß mir dann alles, alles, mag man sprechen, was man will, mag man schweigen oder lachen, in der schönsten Rührung aufgeht. Seht,

---

[43] Memnon, nach griechischer Sage Sohn der Morgenröte, fällt als Freund der Trojaner durch Achilleus. Die beiden sogenannten Memnonssäulen beim alten Theben in Ägypten sind Bildsäulen des Königs Amenophis III. (ca. 1500 v. Chr,). Eine derselben hat einen Sprung durch den ganzen Körper, in dem vor Sonnenausgang, vielleicht durch das Zuströmen der warmen und das Ausströmen der kalten Luft, zitternde Töne entstehen. Die Griechen verbanden diese Erscheinung mit der Sage vom jungen Memnon, der seine Mutter Eos (Aurora) allmorgendlich begrüßte.

mein Herz möchte vor Wonne brechen, ich könnte alles, und wär' es
Euer lahmer Pudel, in die Arme schließen. Aber meine Augen leiden darunter, und der Doktor hat mir deshalb das Trinken ganz
verbieten wollen. Aber dieser Gedanke ist mir eben die rührendste
von allen Vorstellungen, darüber könnte ich tagelang weinen, und
deshalb hat er auch diese Verordnung wieder zurücknehmen müssen.«

»Je mehr ich trinke«, sagte der Pietist, »je mehr hasse ich das, was
Ihr, Eulenböck, da schwadroniert habt, je unvernünftiger kommt es
mir vor. Lug und Trug! Es ist beinah' ebenso dumm, als beim Trinken die Lieder zu singen, die dazu gemacht sind. Jedes Wort darin
ist gelogen. Wenn der Mensch nur einen Gegenstand mit dem andern vergleicht, so lügt er schon. ›Das Morgenrot streut Rosen.‹ Gibt
es etwas Dümmeres? ›Die Sonne taucht sich in das Meer.‹ Fratzen!
›Der Wein glüht purpurn.‹ Narrenspossen! ›Der Morgen erwacht.‹
Es gibt keinen Morgen; wie kann er schlafen? Es ist ja nichts, als die
Stunde, wenn die Sonne aufgeht. Verflucht! Die Sonne geht ja nicht
auf; auch das ist ja schon Unsinn und Poesie. O, dürft' ich nur einmal über die Sprache her und sie so recht säubern und ausfegen! O,
verdammt! Ausfegen! Man kann in dieser lügenden Welt es nicht
lassen, Unsinn zu sprechen.«

»Laßt's Euch nicht irren, ehrlicher Mann«, sagte Eulenböck, »Eure
Tugend meint es gut, und wenn Ihr die Sache anders anseht als ich,
so trinkt Ihr wenigstens denselben Wein und fast ebensoviel als ich
selber. Die That vereinigt uns, wenn uns das System auseinander
führt. Wer versteht sich heutzutage? Davon ist auch gar nicht die
Rede mehr. Ich wollte nur noch bemerken, wenn es auch mit dem
vorigen gar nicht zusammenhängt, daß mir die Art, wie Menschen
und Ärzte den Nahrungsprozeß und die sogenannte Assimilation
ansehen, höchst einfältig vorkommt. Der Eichenbaum wird aus
seinem Samenkorne eine Eiche, und die Feige bringt den Feigen-
baum hervor, und wenn sie auch Luft, Wasser und Erde bedürfen,
so sind es doch diese Elemente nicht eigentlich, aus denen sie erwachsen. So erweckt die Nahrung in uns nur die Kräfte und den
Wachstum, bringt sie aber nicht hervor; sie gibt die Möglichkeit,
aber nicht die Sache, und aus sich selbst quillt der Mensch wie eine
Pflanze hervor. Es ist eine platte Ansicht, zu glauben, daß der Wein
unmittelbar, an sich selbst, alle die Wirkungen hervorbringt, die wir

ihm zuschreiben; nein, wie ich sagte, sein Duft und Hauch *erweckt* nur die Qualitäten, die in uns ruhn. Nun stürzen sich die Kräfte, Gefühle und Entzückungen hervor, wenn sie von diesen Wellen getränkt werden. Meint man denn, daß es in aller Kunst und Wissenschaft anders sei? Ich brauche doch wohl die alte platonische Idee nicht von neuem vorzutragen.[44] Raffael und Correggio und Titian regen nur mein eignes Selbst an, das in Vergessenheit schlummert, und das größte Genie, der tiefste Kunstsinn können sich die Gebilde mit aller Imagination nicht erfinden, die ihnen von den großen Meistern vorgehalten werden; und doch wecken diese Werke selbst nur die alten Erinnerungen auf. Daher auch die Sucht nach neuen geistigen Genüssen, die sonst nicht löblich sein würde; daher der Wunsch, Unbekanntes aufzufinden, Originelles hervorzubringen, der außerdem nur Unsinn wäre. Denn wir ahnen die Unendlichkeit der Erkenntnis in uns, diesen weissagenden Spiegel der Ewigkeit, und was diese uns werden kann, ein unaufhörlich neues Erkennen, das sich im Mittelpunkt einer himmlischen Ruhe sammelt und von hier aus weiter nach neuen Regionen ausbreitet. Und darum eben, meine lieben Saufbrüder, muß es auch viele und mancherlei Weine geben.«

»Und welchen ziehen Sie vor?« fragte Dietrich. »Gibt es hier nicht auch das Klassische und Vollendete, das Moderne und Triviale, das Manierierte und Gesuchte, das Lieblich-Alte und Fromm-Schlichte, das Gemütliche und leer Renommierende?«

»Jüngling«, sagte der Alte, »diese Frage ist zu verwickelt, setzt unendliche Erfahrung, historischen Überblick, abgelegtes Vorurteil und einen nach allen Richtungen ausgebildeten Geschmack voraus, den nur viele Jahre, fortgesetzte Arbeit und unermüdliches Studium sowie die Mittel dazu, die nicht in jedermanns Händen sind, fassen und lösen können. Einiges Encyklopädische wird dir hinreichen. Fast jeder Wein hat sein Gutes, fast alle verdienen gekannt zu wer-

---

[44] »Die Ideen sind bei Plato (wirklich existierende) Urbilder der Dinge selbst ... Nach seiner Meinung flossen sie aus der höchsten Vernunft (der Gottheit) aus, von wo sie der menschlichen zu teil geworden, die sich aber jetzt nicht mehr in ihrem ursprünglichen Zustande befindet, sondern mit Mühe die alten, jetzt sehr verdunkelten Ideen durch Erinnerung (welche Philosophie heißt) zurückrufen muß.« So Kant in der »Kritik der reinen Vernunft«; »Transcendentale Dialektik«, I, 1.

den. Ist in unserm Vaterlande der Neckar fast nur, den Durst zu löschen, da, so erhebt sich der Würzburger schon zum Edeln, und die vielfachen hohen Sorten des Rheinweins lassen sich nicht in der Eile charakterisieren. Ihr habt sie hier vor euch stehn gehabt und genossen. Diese trefflichen Wogen, vom leichten Laubenheimer bis zum starken Nierensteiner, gewaltigen Rüdesheimer und tiefsinnigen Hochheimer mit allen ihren verwandten Fluten gehörig zu preisen, dazu gehört mehr als die Zunge eines Redi,[45] der in seinem toscanischen Dithyrambus doch nur mittelmäßig gefaselt hat. Diese Geister gehn rein und klar, kühlend und den Sinn erläuternd den Gaumen hinunter. Soll ich es vergleichen, so ist es die ruhige Gediegenheit trefflicher Schriftsteller, Gemüt und Fülle ohne Phantasterei oder schwärmerische Allegorie. Was ist nun der heißere Burgunder demjenigen, der ihn vertragen kann! Wie die unmittelbare Begeisterung fällt er in uns hinab, schwer, blutig, heftig erweckt er unsre Geister. Die Rebe von Bourdeaux dagegen ist heiter, geschwätzig, ermuntert, aber begeistert nicht. Doch schon voller und wunderlicher dichtet die Provençe und das poetische Languedoc. Dann das heiße Spanien im Xerez[46] und echten Malaga und den glühenden Weinen von Valencia. Hier verwandelt sich der Weinstrom, indem wir ihn genießen, schon an unserm Gaumen in Kugelgestalt, die sich weit und weiter ausbreitet und uns im Tokayer und St. Georgen-Ausbruch[47] noch weit inniger und sinniger so erscheint. Wie erfüllt Mund und Gaumen und den ganzen Sinn des Gefälls nur ein Tropfen des edelsten Kap-Weins.[48] Diese Weine muß der Kenner nippen und züngeln und nicht mehr trinken wie unsern braven Rhein. Was sag' ich von euch, ihr lieblichsten Gewächse Italiens und namentlich Toscanas, du geistreichster Monte

---

[45] Francesco Redi aus Arezzo (1626 98), Dichter und Naturforscher, verfaßte den Dithyrambus »Bacchus in Toscana« zur Verherrlichung des Weines von Monte Pulciano.

[46] Der Xeres (englisch Sherry), so genannt nach der Stadt Xeres de la Frontera bei Cadix.

[47] Der St. Georgen-Ausbruch, nach der Stadt Szent György im Komitat Preßburg so genannt, ist dem Tokayer ähnlich.

[48] Vom Kap der Guten Hoffnung; die edelsten die Konstantia-Weine.

Fiascone, du wahrhaft rührender Monte Pulciano?[49] Nun, so kostet
denn, Freunde, und versteht mich! Aber nicht könnt' ich dich auf-
setzen, dich, König aller Weine, dich, rosenrötlicher Aleatico,[50]   ,
Blume und Ausbund alles Weingeistes, Milch und Wein, Blume
und Süße, Feuer und Milde zugleich! Diesen Wundergesellen trinkt,
kostet, nippt und züngelt man nicht; sondern dem Beseligten er-
schließt sich ein neues Organ, das sich dem Unkundigen und Nüch-
ternen nicht beschreiben läßt.«   Hier brach er gerührt ab und trock-
nete die Augen.

»So hatte meine Ahnung ja doch recht«, rief Dietrich begeistert
aus; »dieser ist denn im Weinreich, was der alte Eyck oder Hemling,
vielleicht auch der Bruder Johann von Fiesole[51] unter den Malern
sind. So schmeckt ja auch diese lieblich rührende und tiefe Farbe,
die ohne Schatten doch so wahr, ohne Weiße so blendend und
überzeugend ist. So sättigt und berauscht der Purpur des Gewan-
des, und so mildert und sänftigt das Feuer das milde Blau, das
schwärmende Violett. Alles ist eins und klingt in unserm Geist zusammen!«

»Ausgenommen Eulenböcks Nase«, rief der ganz trunkene Bibliothekar aus; »die hat keinen Scharlach mehr, keine Übergänge in den
Tönen, um sie mit dem Gesicht in Verbindung zu setzen, sondern
jenes violette Dunkelrot bratet in ihrer Zauberküche, wie unterir-
disch in den Reichen der feuchten Nacht die rote Rübe gerinnt, aller
Sonne abgewandt. Soll dies Gewächs wohl dem Leben angehören?
Soll der Weingott es so aufgefüttert haben? Nimmermehr! Es ist ein
ungeschlachtes Gehäuse, ein widerwärtiges Etui für Bosheit und
Lüge.«

»Leerer Schwulst«, rief der Buchhalter, »morscher Glanz, hinfälli-
ge Sterblichkeit! Und krumm, baufällig steht sie auch noch in dem

---

[49] Monte Fiascone vom »Flaschenberg« am See von Bolsena, der berühmteste
Wein des frühern Kirchenstaats, auch Est-Est genannt, durch Wilhelm Müllers
Gedicht auch bei uns populär. Monte Pulciano (so genannt von einem Jesuiten-
kloster nicht weit westlich vom Trasimenischen See), »der König aller italienischen Weine« (Hamm).

[50] Berühmter Florentiner Likörwein.

[51] Fra Giovanni Angelico (1387 1455),nach seinem Geburtsort da Fiesole genannt.

unterminierten Gesicht, so daß sie mit ihrer Wucht bald den ganzen Mann in Trümmer drücken kann. Kerl! wo hast du die unverschämt schiefe Nase her?«

»Ruhig, Krokodil!« schrie Eulenböck, indem er heftig auf den Tisch schlug; »will das Geziefer die Welt reformieren? Jede Nase hat ihre Geschichte, ihr Naseweise. Meint das dumme Volk denn, daß nicht auch das Kleinste sich als Ring an die Notwendigkeit ewiger Gesetze fügt? Meine Nase, wie sie da ist, habe ich meinem Barbier zu verdanken.«

»Erzähle, Alter!« riefen die jungen Leute.

»Geduld!« sprach der Maler. »Die Physiognomik wird immer eine trügliche Wissenschaft bleiben, eben weil sie auf Barbiere, Weinschenken und sonstige historische Umstände zu wenig Rücksicht nimmt. Freilich ist das Gesicht der Ausdruck des Geistes; aber es leidet unter der Art, wie man damit hantiert, auffallend. Die Stirn hat es ihrer Festigkeit nach am besten, wenn sich der Mensch nicht gewöhnt, alle kleine Leidenschaften, Verdruß und Mißbehagen durch Faltenziehen darauf zu malen. Seht, wie edel ist die unsers Eduard, und wie viel schöner würde sie noch sein, wenn der junge Bursche mehr gedacht und sich beschäftigt hätte! Die Augen, ihrer Beweglichkeit nach, hin und her rennend, konservieren sich in ihrem Spiel auch noch leidlich, man müßte sie denn ausweinen, wie unser krokodilischer Freund dort. Schlimmer ist es schon mit dem Munde; der schleift sich bald durch Schwatzen und fades Lächeln ab, wie bei unserm werten Bibliothekar; wischt einer nun gar nach Essen und Trinken übermäßig daran, so wird er bald unkenntlich, besonders, wenn man aus falscher Scham etwa die Lippen immer nach innen kneipt, wie unser trefflicher Pietist, der die Röte derselben wohl für Lüge und unnützen Schwulst erklärt. Aber die Nase, die arme, die von allen Teilen am meisten sich hervorarbeitet, uns Unglückliche von allen Tieren unterscheidet, bei denen Maul und Schnauze so freundlich eins werden, und die beim Menschen als Höcker und Blocksberg der Tummelplatz aller Hexen und bösen Geister wird: wird sie nicht schon der kalten Luft und des Schnupfens wegen bei den meisten Menschen zum Sausewind und zur klingenden Trompete und Schlachtposaune ausgereckt, gezogen, gedehnt und gehudelt? Wird ihre Nachgiebigkeit, ihre Entwicklungsfähigkeit nicht gemißbraucht, um fast Elefantenrüssel und Truthahnsschnäbel heraus zu arbeiten? Frommere Seelen drücken sie wieder nieder und plätschen[52] den Hochmut in jammervolle Unformen zusammen. Alles dieses sah ich früh, schonte meine Nase und konnte meinem Schicksal doch nicht entgehen. Ich bin mit meinem Barbier, einem meiner innigsten Freunde, aufgewachsen und altgeworden. Dieser Künstler, indem er sich von einer Seite meines Antlitzes zur andern wandte, pflegte bei diesem Wechsel, um einen Stützpunkt zu haben, mir die Schneide des Messers unten an die Kehle zu setzen und, darauf drückend und sich lehnend, schnell die andre Seite zu gewinnen. Dies schien mir bedenklich. Er durfte ausgleiten, sich stoßen, so schnitt er höchst wahrscheinlich mit dem Gestützten in das Stützende, und mein Angesicht lag unrasiert zu seinen Füßen. Dem mußte abgeholfen werden. Er dachte nach, und als wahres Genie war es ihm nicht so gar schwer, sein System und seine Manier zu ändern. Er packte nämlich mit seinen Fingern meine Nase, was ihm den Vorteil gewährte, sich stützen und viel länger auf sie lehnen zu können, und zog sie gewaltsam in die Höhe, vorzüglich, indem er die Oberlippe barbierte, und so beschauten wir uns Auge in Auge, ein Herz dem andern nahe, und das Schermesser arbeitete in besonnener und sicherer Thätigkeit. Es traf sich aber, daß mein Freund von jeher eins der auffallendsten Gesichter an sich trug, die der gemeine Haufe abscheulich, verzerrt und garstig zu nennen pflegt; dabei hatte er die Gewohnheit zu grimassieren und liebäugelte mir so herzlich entgegen, daß ich es in jeder Sitzung ihm erwidern und in dieser Nähe auch seine übrigen Fratzen unwillkürlich nachahmen mußte. Riß er die Nase unbillig hinauf, so zerrte er dafür, um mit seiner Kunst in die Mundwinkel zu gelangen, die Lippen und den Mund zu gewaltsam in die Breite. Hatte er auf diese mechanische Weise in meinem Antlitz ein scheinbares Lächeln erzwungen, so kam mir sein Lachen so liebreich, freundlich, herzinnig und rührend entgegen, daß mir oft aus schmerzlicher Teilnahme, und um nur ein boshaftes Lachen zu verbeißen, die Thränen in die Augen traten. ›Mensch! barbierender Freund!‹ rief ich aus: ›stelle dein menschenfreundliches Anlachen ein, ich lächle ja gar nicht, du ziehst mir ja nur die Mundwinkel wie einen Schwamm auseinander‹. ›Thut nichts‹, antwortete die redli-

---

[52] (platt) schlagen.

che Seele, ›dein Liebreiz in diesem Lächeln zwingt mich zur Erwiderung‹. Seht, so grinsten wir uns denn wie die Affen minutenlang an. Ich bemerkte nach zwölf Wochen etwa eine auffallende Veränderung in meiner Physiognomie. Die Nase stieg und bäumte sich so auffallend nach oben, als wenn sie den Augen und der Stirn den Krieg ankündigen wollte, die wirklich häßlichen Verzerrungen der Wangen und Lippen ungerechnet, die ich aber schon nicht mehr lassen konnte, weil ich sie wie ein Andenken von meinem Freunde empfangen hatte. Ich drückte die aufstrebende Nase wieder nieder und trug dem Edeln meine Wünsche noch einmal vor. Nun schien aber guter Rat teuer und eine Auskunft kaum möglich. Doch entschloß er sich, ein zweiter Raffael, eine dritte, untadelige Manier anzunehmen, und nach einigen Kämpfen gelang es ihm, indem er vorher bedächtig auskundschaftete, nach welcher Seite es am vorteilhaftesten sei, mir die Nase beim Auflehnen hin zu drehen: und dabei sind wir denn auch stehen geblieben, und diese Notwendigkeit hat sie mir gebogen; das nahe Gesicht, nach dem ich mich instinktartig bilden mußte, hat mir diese Falten eingegraben, und tiefes Forschen und Denken, flammende Begeisterung und glühende Liebe zum Guten und Besten haben endlich diesen roten Teppich über das Ganze gewoben.«

Lautes Lachen hatte diese Erzählung begleitet; jetzt forderte der Bibliothekar ungestüm Champagner, und der Buchhalter schrie nach Punsch. Eulenböck aber rief: »O ihr gemeinen Seelen! Nach dieser Himmelsleiter, die ich euch habe hinaufklettern lassen, um in das Paradies zu schauen, kann euch ein so unedler, manierierter, moderner und witzloser Geist wie dieser sogenannte Punsch auch nur in den fernsten Winkel eures Gedächtnisses kommen? Dies elende Gebräu aus heißem Wasser, schlechtem Branntwein und Zitronensäure? Und was soll dies diplomatische, nüchterne Getränk, der Champagner, in unserm Kreise, der nicht Herz und Geist aufschließt und nach dem halben Rausche höchstens dazu dienen kann, wieder nüchtern zu machen?[53] O ihr Profanen!«

Er schlug auf den Tisch; aber die übrigen, Eduard ausgenommen, erwiderten diese Gebärde so heftig, daß von der Erschütterung die

---

[53] Das spricht Eulenböck nicht aus dem Sinn des Dichters, der den Champagner besonders liebte.

Flaschen tanzten und mehrere Gläser zerschmetternd auf den Boden stürzten. Hierüber ward Gelächter und Tumult noch lauter, man sprang auf, andere Gläser zu holen, und Dietrich rief: »Es ist so kalt, eiskalt hier geworden, und dagegen würde der Punsch helfen.«

Es war tief in der Nacht, die Diener hatten sich entfernt, man wußte nicht, wie man den Ofen wieder heizen sollte; auch gestand Eduard, daß sein Holzvorrat völlig zu Ende sei und er morgen mit der Frühe erst neuen wieder herbeiführen lasse. »Was meint Ihr?« rief der ganz berauschte Dietrich, »unser Wirt hat doch beschlossen, dies Zimmer auf neue Art einzurichten; wenn wir diese unnütze Vertäfelung, diese Bretter, welche die Fenster bedecken, herausbrächen und in dem großen altfränkischen Kamin hier ein herrliches deutsches Feuer anzündeten?« Dieser tolle Vorschlag fand bei den verwilderten Gästen sogleich Gehör und lauten Beifall, und Eduard, der den ganzen Abend in einer Art von Betäubung gewesen war, widersetzte sich nicht. Man hob den Schirm vom Kamin hinweg und lief dann mit Kerzen nach der Küche, um Beile, Stangen und andere Instrumente herbeizuholen. Im Vorsaal fand Eulenböck ein altes verdorbenes Waldhorn, und darauf blasend, marschierten sie wie Soldaten unter Schreien und abscheulicher Musik in den Saal zurück. Der Tisch, welcher im Wege stand, ward umgeworfen, und sogleich begann ein Hauen, Brechen und Hämmern gegen die hohle Wand. Jeder suchte den andern in Emsigkeit zu übertreffen; um die Arbeitenden zu ermuntern, stimmte der Maler den Schlachtruf auf dem Horne wieder an, und beim Gepolter riefen alle wie besessen: »Holz! Holz! Feuer! Feuer!« so daß dies Geschrei, die Musik, das Schlagen der Äxte, das Krachen der brechenden und aufspringenden Bretter den Wirt des Hauses in eine so dumpfe Betäubung warf, daß er sich stumm in eine Ecke des Zimmers zurückzog.

Plötzlich wurde die Gesellschaft noch auf eine ebenso unerwartete als unangenehme Art vermehrt. Die Nachbarschaft war unruhig geworden, und die Wache, welche ebenfalls das ungeheure Getümmel vernommen hatte, trat jetzt, einen Offizier an ihrer Spitze, herein, da sie das Haus unverschlossen gefunden hatten. Sie forschten nach der Ursache des Getöses und weshalb man Feuer geschrieen habe. Eduard, der ziemlich nüchtern geblieben war, suchte ihnen alles zu erklären, um seine Freunde zu entschuldigen. Diese aber, aufgeregt und keines vernünftigen Gedankens mehr fähig, behandelten diesen Besuch als einen gewaltsamen Einbruch in ihre unveräußerlichsten Rechte; jeder schrie auf den Offizier ein, Eulenböck drohte, der Buchhalter fluchte und weinte, der Bibliothekar holte mit der Brechstange aus, und Dietrich, welcher am meisten begeistert war, wollte sich mit dem Beile über den Lieutenant hermachen. Dieser, ebenfalls ein junger, hitziger Mann, nahm es von der ernsthaften Seite und fand seine Ehre verletzt, und so war das Ende der Szene, daß jene unter Geschrei und Lärmen, Drohungen und Freiheitsdeklamationen nach der Hauptwache abgeführt wurden. So endigte das Fest, und Eduard, der allein im Saal zurückgeblieben war, ging völlig verstimmt auf und nieder und betrachtete die Verwüstung, welche seine begeisterten Freunde angerichtet hatten. Unter dem umgeworfenen Tische lagen zertrümmerte Flaschen, Gläser, Teller und Schüsseln nebst allem, was von den Leckerbissen übriggeblieben war; der kostbarste Wein floß über den Boden; die Leuchter waren zerschlagen; von denen, welche stehen geblieben waren, waren alle Lichter, bis auf eine Wachskerze, niedergebrannt und ausgelöscht. Er nahm das Licht und betrachtete die Wand, von der die Tapete abgerissen und einige starke Bretter herausgebrochen waren; ein Balken stand davor, der den Zutritt in die Nische hemmte. Ein sonderbares Gelüst befiel den Jüngling, noch in der Nacht das angefangene Werk seiner wilden Gesellen fortzusetzen; um aber kein übermäßiges Geräusch zu erregen und doch noch vielleicht ihr Schicksal zu teilen, nahm er eine feine Säge und durchschnitt oben vorsichtig den Balken; er wiederholte dies unten und nahm dann den Kloben heraus. Hierauf war es nicht so gar schwer, noch eine innere leichte Vertäfelung wegzubrechen; das dünne Brett fiel nieder, und Eduard leuchtete in die Nische hinein. Er konnte aber kaum den breiten Raum übersehen und etwas, das ihm wie Gold entgegenglänzte, wahrnehmen, als alles plötzlich verschwand; denn er hatte mit dem Lichte oben angestoßen und es ausgelöscht. Erschreckt und in der größten Bewegung tappte er durch den finstern Saal, aus der Thüre, über einen langen Gang, dann über den Hof nach einem kleinen Hintergebäude. Wie zürnte er über sich selbst, daß er keine Anstalt in der Nähe habe, Feuer zu machen. Aus festem Schlafe ermunterte er den eisgrauen Thürhüter, der sich lange nicht besinnen konnte, ließ sich von ihm, nach vielen vergeblichen Versuchen, sein Licht wieder anzünden und kehrte dann mit behutsam vorgehaltner Hand, an allen Gliedern zitternd und mit klopfendem Herzen über die Gänge nach dem Zimmer zurück. Er wußte nicht, was er gesehen hatte, er wollte noch nicht glauben, was er ahndete. Im Saale setzte er sich erst in den Lehnstuhl, um sich zu sammeln, dann zündete er noch einige Kerzen an und begab sich nun gebückt in die Nische. Der weite Raum der Fenster erglänzte von oben bis unten wie in goldnem Brand; denn Rahmen drängte sich an Rahmen, einer kostbarer als der andere und in ihnen alle jene verloren gewähnten Gemälde seines Vaters, um die der alte Walther und Erich so oft gejammert hatten. Der Erlöser Guidos, der Johannes von Domenichino, sie alle schauten ihn an, und er fühlte sich selbst gerührt, andächtig, erstaunt, wie in einer bezauberten Welt. Als er sich besann, flossen seine Thränen, und er blieb dort, die Kälte nicht achtend, unter seinen neugefundenen Schätzen sitzend, bis der Morgen herauf dämmerte.

Walther war eben vom Tisch aufgestanden, als Erich eilig zu ihm in den Gemäldesaal trat. »Was ist dir, mein Freund?« rief der Rat aus; »hast du Geister gesehn?«   »Wie du es nimmst«, erwiderte Erich; »mache dich auf eine außerordentliche Nachricht gefaßt.« »Nun?«   »Was gäbest du wohl, was thätest du wohl dafür, wenn alle die verlorenen Malereien deines seligen Freundes, jene unschätzbaren Kostbarkeiten wieder da wären und dein werden könnten?«

»Himmel!« rief der Rat aus und verfärbte sich, »ich habe keinen Atem. Was sagst du?«   »Sie sind da«, rief jener, »und können dein Eigentum werden.«   »Ich habe kein Vermögen, sie zu kaufen«, sagte der Rat; »aber alles, alles würde ich geben, sie zu erhalten, meine Galerie und Vermögen, aber ich bin zu arm dazu.«   »Wenn man sie dir nun überlassen wollte«, sagte Erich, »und der Eigentümer forderte bloß die Gunst dafür, dein Schwiegersohn zu werden?«

Ohne Antwort rannte der Alte hinaus und zur Tochter hinüber. Im Streit mit dieser kam er zurück. »Du mußt mein Glück machen, geliebtes Kind«, rief er aus, indem er mit ihr hereintrat; »von dir hängt nun die Seligkeit meines Lebens ab.« Die erschrockene Tochter wollte immer noch widersprechen, aber auf einen heimlichen Wink Erichs, den sie zu verstehen glaubte, schien sie endlich nachzugeben. Sie ging fort, sich umzukleiden; denn bei Erich warteten, wie dieser erklärte, die Bilder und der Freiwerber auf sie. Unter welchen sonderbaren Gedanken und Erwartungen suchte sie ihren besten Schmuck hervor; konnte sie sich in Erich nicht irren? Hatte er denn auch sie verstanden? Hatte sie ihn richtig gedeutet? Walther war ungeduldig und zählte die Augenblicke; endlich kam Sophie zurück.

In Erichs Hause waren alle jene Gemälde im besten Lichte aufgehangen, und es wäre vergeblich, des Vaters Erstaunen, Freude und Entzücken beschreiben zu wollen. Die Bilder waren, so behauptete er, bei weitem schöner, als er sie in seiner Erinnerung gesehen hatte. »Du sagst, der Liebhaber meiner Tochter sei jung, wohlerzogen, von gutem Stande, du gibst mir dein Wort darauf, daß er ein ordentlicher Mann sein wird und niemals nach meinem Tode diese Bilder wieder veräußern? Wenn dies alles so ist, so braucht er kein anderes

Vermögen zu besitzen als diese Bilder, denn er ist überreich. Aber wo ist er?«

Eine Seitenthüre öffnete sich, und Eduard trat ungefähr so gekleidet herein, wie der ihm ähnliche Schäfer auf dem alten Gemälde von Quintin Messys stand.   »Dieser?« schrie Walther; »woher haben Sie die Gemälde?« Als ihm Eduard den sonderbaren Vorfall erzählt hatte, nahm der Alte die Hand der Tochter und legte sie in die des Jünglings, indem er sagte: »Sophie wagt viel, aber sie thut es aus Liebe zu ihrem Vater; ich denke, mein Sohn, du wirst nun klug und gut geworden sein. Doch, eine Bedingung: Ihr wohnt bei mir, und Eulenböck kommt nie über meine Schwelle, auch siehst du ihn mit keinem Auge wieder.«   »Gewiß nicht«, antwortete Eduard; »überdies reiset er mit dem fremden Prinzen von hier fort.«

Man ging nach dem Hause des Vaters. Dieser führte den Jüngling in seine Bibliothek. »Hier, junger Mensch«, sagte er, »findest du auch deine Seltenheiten wieder, die dein lustiger Bibliothekar mir für ein Spottgeld verkauft hat. Du wirst diese Schätze deines Vaters künftig heiliger halten.«

Die Liebenden waren glücklich. Als sie allein waren, schloß Sophie den Jüngling herzlich in die Arme. »Ich liebe dich innigst, mein Freund«, flüsterte sie ihm zu, »aber ich mußte neulich dem Eigensinne meines Vaters nachgeben und mich damals und heute stellen, als gehorchte ich ihm unbedingt, um erst nicht alle Hoffnung aufzugeben und heute ohne Widerspruch dein zu sein; denn hätte er meine Liebe gemerkt, so hätte er nimmermehr so schnell eingewilligt.«

Nach wenigen Wochen waren sie vermählt. Es ward dem Jüngling nun nicht schwer, ein ordentlicher und glücklicher Mann zu werden; an seine wilde Jugend dachte er im Arme seiner Frau und im Kreise seiner Kinder nur wie an einen schweren Traum zurück. Eulenböck hatte mit dem Prinzen die Stadt verlassen und mit ihm zugleich der sogenannte Bibliothekar, der jene Stelle als Sekretär beim Prinzen erhielt, um welche Eduard sich bemüht hatte, und nach einigen Jahren die lockre Schöne heiratete, die unserm jungen Freunde einen so übeln Ruf in seiner Vaterstadt verursachte und fast die Veranlassung seines Unglücks geworden war.

Über tredition

Eigenes Buch veröffentlichen

tredition wurde 2006 in Hamburg gegründet und hat seither mehrere tausend Buchtitel veröffentlicht. Autoren veröffentlichen in wenigen leichten Schritten gedruckte Bücher, e-Books und audioBooks. tredition hat das Ziel, die beste und fairste Veröffentlichungsmöglichkeit für Autoren zu bieten.

tredition wurde mit der Erkenntnis gegründet, dass nur etwa jedes 200. bei Verlagen eingereichte Manuskript veröffentlicht wird. Dabei hat jedes Buch seinen Markt, also seine Leser. tredition sorgt dafür, dass für jedes Buch die Leserschaft auch erreicht wird.

Im einzigartigen Literatur-Netzwerk von tredition bieten zahlreiche Literatur-Partner (das sind Lektoren, Übersetzer, Hörbuchsprecher und Illustratoren) ihre Dienstleistung an, um Manuskripte zu verbessern oder die Vielfalt zu erhöhen. Autoren vereinbaren direkt mit den Literatur-Partnern die Konditionen ihrer Zusammenarbeit und partizipieren gemeinsam am Erfolg des Buches.

Das gesamte Verlagsprogramm von tredition ist bei allen stationären Buchhandlungen und Online-Buchhändlern wie z. B. Amazon erhältlich. e-Books stehen bei den führenden Online-Portalen (z. B. iBookstore von Apple oder Kindle von Amazon) zum Verkauf.

Einfach leicht ein Buch veröffentlichen: **www.tredition.de**

Eigene Buchreihe oder eigenen Verlag gründen

Seit 2009 bietet tredition sein Verlagskonzept auch als sogenanntes "White-Label" an. Das bedeutet, dass andere Unternehmen, Institutionen und Personen risikofrei und unkompliziert selbst zum Herausgeber von Büchern und Buchreihen unter eigener Marke werden können. tredition übernimmt dabei das komplette Herstellungs- und Distributionsrisiko.

Zahlreiche Zeitschriften-, Zeitungs- und Buchverlage, Universitäten, Forschungseinrichtungen u.v.m. nutzen diese Dienstleistung von tredition, um unter eigener Marke ohne Risiko Bücher zu verlegen.

Alle Informationen im Internet: **www.tredition.de/fuer-verlage**

tredition wurde mit mehreren Innovationspreisen ausgezeichnet, u. a. mit dem Webfuture Award und dem Innovationspreis der Buch Digitale.

tredition ist Mitglied im Börsenverein des Deutschen Buchhandels.

Dieses Werk elektronisch lesen

Dieses Werk ist Teil der Gutenberg-DE Edition DVD. Diese enthält das komplette Archiv des Projekt Gutenberg-DE. Die DVD ist im Internet erhältlich auf **http://gutenbergshop.abc.de**